First published 1996 by
THE LABRYS PRESS

22 Dunecht Road,
Westhill,
Aberdeenshire
AB32 6RH

ISBN 0 9529444 0 5

Cover design by Wendy Adams

TO THE AUTHOR FROM DENNIS MUNRO

Dear Ron. Man, ye've got style
The lik A've nivver read es fyle.
Yer stories and yer poems beguile.
A'm fair imprest!
Tae read em A'd hae trailed twal-mile
An aa the rest!

Yer maistry o the Doric's gran
An stamps ye for a kintra man
Tho mony a wird, ye'll unnerstan
Gied ower my heid.
A'm, jist an admirin toonser fan
Fa likes yer screed.

O kintra life, ye pinnt braid scenes
Yer "Rottans' Flittin" chilled mi banes.
Yon tale o Andra an is freens
Absorbed mi wholly
As did yer fadder's fruitless daens
Wi Maister Moley!

"A Mull Caad Alice" - anither stotter
Her high jinks in amang yon sotter
Wis afa funny - till some chiel shot er
In yon hell o hells
Far Brit wi ANZAC 'gainst the Turk focht o'r
The Dardanelles.

Here's tae ye, mi composin freen
An thanks for aa the pleesure gien.
Ye've made a chiel fae Aiberdeen
Fair besotted
An may yer picters o the Doric scene
Bi far-kennt an noted!

It's noo mi aim an mi ambition
Tae be a Rembrandt tae yer Titian.
But faith - at's miracles A'm wishin
A maun admit
A doot A'll sairly need tuition
An then some! - Yet

"Nil Desperandum"; "Whaur there's a wull"
Sic phrases jink aboot mi skull
An tho a novice am A still
They gie me hope
Tae clim at insurmountable hill
An peep ower e top!

But in the meantime, freen an rhymer
The real warld his me on its timer
An damn't it's ringin; watchfu primer -
A'v got tae go
Sae cheerio mi fellow scriber.
DENNIS MUNRO

Contents

Glossary

Some of these stories have been published in "Leopard", "Lallans", "Mak it New" (Lallans 21st Anniversary anthology), and "New Writing Scotland".

THE BANKIT PENNY

Granfadder haed a craft oot bye Rattray Moss far he an granmidder brocht up acht bairns. Fadder wis the hinmaist. Granfadder haed a muckle bleck baird juist lik the picters o thay Auld Testamint prophets an he fair beliefet in fit the Gweed Buik seyd aboot spare the rod an spile the child. There wis nethin spilet aboot thir faimily.

Crafter fowk aye haed tae be thrifty; they wirket haird an lookit aifter thir ain an thir auld fowk. They waed hae been bleck-affrontit tae sik onythin fae the parish. "Better bar-fit nor parish beets," granmidder eest tae sey. There wis nae siller tae spare for fairlies an ivry penny wis a prisoner.

Fadder waed hae bin aboot acht or nine ear auld fan ae day he wis sent up tae the neeboring fairm o Blackhills tae deleevir an eerin. Jock Inglis an his gweed-wife wis afa fine fowk wie a saft spot for bairns. They haed nae faimily o thair ain an ony loon or quine fa drappit in the "Post" or an eerin fae the shoppie wis aye sure o a bawbee or twa. Bit fadder haed been daured tae tak onything.

Sheer eneugh, the fairmer gaed him a penny an waedna tak it back. "Stap it in yer pooch, loon," he laucht, "an get a sweetie fae Davidson's shoppie."

Fit caud fadder dae? He caudna haun it back; he caudna tak it hame; an it rin coonter tae aa rizzon tae heavt awa. He wis in a richt snorl. An forbye there wis aye the speckilation o Davidsons's shoppie wie its jars o bleck-strippet baas, or bulls-een, or bilins, or bleck sugar, or soor plooms, or lemon draps it fizzt an meltit in the moo.

Aa this wechtie thinkin gaed him a sair heid. Tae pit in mair time he trailt his beets in the stour o the road an thain he'd taen a lang shortcut hame ower a park. Is ee kicket awa at divots winnerin fit tae dae, aa o a suddent, lik the ferst blinter o sun on a cluddy day, he saw the wye oot. Richt in the mids o the park wis a moudie-hill aa on its ain. Juist perfeck. He howkit intae the muild an plunkit the penny. It wis noo bankit. Michty! Fit a release! At penny seemt tae hae wyed mair nor a hunnerweicht. Aff hame he wint wie a muckle weicht aff ees mine.

Bit Granfadder kent aa aboot yuing eens an thir ill-trickit weys. Yon Spangyie chiel, Torquemada, caud hae lernet a thing or twa fae him. Fadder wis pit tae the question til he wis gart tae ane up it he'd taen a penny. He got a gweed skelpit erse fer tellin lees, bit bi noo it wis dayligaun an he waed hae tae wait or dawin tae get the penny back. It waed gyang in the Kirk plate on the Sabbath.

At the streek o day fadder wis set-aff wie Granfadder's beet up his erse tae speed him on ees wye. The sun cam up an wis burnin aff e shrood o miss, the hale lan steamin awa like the sweit aff a sair-caad Clydesdale. The girse wis weet an on ivry buss the spidder-wobs wis hingin hivvy wie perls o deow. But the braw ferlies o nature passt fadder by; fan he loupit the dyke by the roadside he steed still, bool-eed, wie his moo gappin open. Durin the nicht the moudies haed been dellin awa and the park wis kivered wie dizzens o moudie-hills, ilka een the marraw o tiddir. Fadder spint oors howkin aroon but nivvir faund the penny, and fer aa we ken, it's bankit there yet.

Catherine. Yir in there tae hae a bath, nae tae be takkin at boat apairt. Far did ye get haud o at screwdriver?"

"It wis oan the windie-sill, Mum."

"At's yir faither's faut. He wis fixin the catch on at windie. He shuid ken better nor leave at kine o thing near haun you. Fit a quine tae ficher wie things." Mither teen the screwdriver an pit it back on the windie-sill.

Catherine wisna fower ear aul yet, but fit a cratur she wis tae ficher an picher wie aathing. If ony o her faerlies caud mak a soun or rin alang the fleer, she'd hae the intimmers oot in meenits tae see foo they wirkit. There wis ae thing she faun tickly, an at wis foo tae pit them thegither again. Fit a quine!

Onywey, Catherine seen scunnert o sailin her duiks an boaties up an doon the bath an thocht tae hae a gweed glower o her belly button. Mither haed teen the chunce tae shampoo her ain hair. She'd sweelt it, and wis squeezin oot the lave o the watter.

"Mum," seys Catherine.

"Yes, pet?"

"Fit wye hiv we got a belly button?"

"Weel noo, quinie," rebat her mither, "afore ee wis born ye wis in ower ma tummy. We wis baith jined thegither wie a tube an this tube gaed ye air tae breeth an maet for ye tae grow. An yer belly button is the merk far at tube eeset tae be."

"But fit wye dist luik lik a screw?"

"A screw? Ay. I suppose it daes luik a bittie like the heid o a screw.

But it's juist a wee fauld o skin." Mither wappit a tooel roon aboot her heid, ready tae dry it wie the hair-dryer.

"Oh." Catherine reflecket on es fir a meenit or twa. "But it daes luik afa like a screw."

"Weel. Ye'll juist hae tae tak my wird for't, mi dear. It's nae a screw. Noo at's the phone ringin. I'll let the watter oot. Bide here an dry yersel an I'll be back in a meenit."

Catherine haed rare fun stickin her heel intae the drain tae stap the watter rinnin oot, then she kickit the soapy watter intae faem. But Mither wis still bletherin awa on the phone in the bedreem. At wis fan Catherine minded aboot the screwdriver on the windie-sill. She luikit aroon. Mither wis still spikkin awa an micht weel be a filie yet if at wis een o her cronies. Catherine snappit up the screwdriver an sat doon in the bath. The blade fitted fine in the slot o her belly button. Perfeck. She tirled it backards an forrads till the heid o the screw slacket aff a bittie an then she wis able tae furl awa. It wis gey stiff but she chayvet awa an oot cam this lang bolt. It leukit like pink plastic, aa bonnie and clene, wie nae an inklin o roost on the threeds. Twa inches cam oot; threy inches; fower inches. Waed it nivver end? Then aa o a suddent it wun free an drappit intae the bath. Catherine glowert doon but nethin else happenet. No. Nae soun, nae rik, nae nethin. Efter aa that wirk. A richt disappintmint.

"Oh. Fit a scunner," seys Catherine an staans up in the bath tae dry hersel.

Then her erse fell aff.

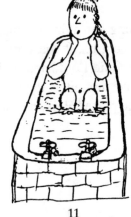

A MULL CAAD ALICE.

Uncle Wullie telt us it ees first sicht o the Dardanelles wis naethin tae vreet hame aboot; Egypt haed mindit him o Cruden Bay: aa san bit mair o it, an it wis afa haet forbye; bit the Dardanelles wis waur: juist a drearifu sclyter o heughs an dried up burns wi a pucklie winnlestraes it waednae hae keepit a moose in maet.

Fan the Regiment loupit oot o the lifeboats an plytered throw the watter ontae the beach, they faun a waur steer nor a feein fair, cept ere wis nae bunnets an suits, juist khaki an solar topees. Fan the haet widder kit haed bin dealt oot, aabodie laucht fan the Serjeant-Major seys noo this is a pith-helmet, bit it's nae for pithin in. Bit there wisna muckle tae lauch aboot noo.

Ye'd nae peace tae hae yer denner: the shite-haaks aye circled owerheid an waed dive doon aa o a suddent an snap the verra maet oot o yir mess-tin if ye wis luckie eneugh tae hae onie. A haird biscuit clarted wie a pucklie tinned jam kythed mair flees nor jam, muckle green craturs it bizzed lik mad an waed hardlie meeve fit ivvir ye daed, an they boret in awye. Maist o the loons wis aye at the watterie wi a dose o the skitters an yir erse wis reid raw; bit there wisna muckle the doctors caud dae. Aabodie haed the rins an sum a lot waur forbye; the fieldhoaspital wis stappit fu.

A puckle Johnny Turks hung oan ahin oor lines; they waedna pairt wi their drouchtit pucklies o grun. It wis a miraikle it onybodie wis able tae fairm there. If the Guid Lord haed riddled oot aa the moud o the warld thain he maun hae dumpit aa the riddlins in the Dardanelles. Oor major caad the place "Hell wie flies" an he nivver spak a truer wird.

Ae Johnny Turk fairmer aside oor lines wis usin a ploo fit wis nae mair nor a muckle bit o timmer an yokit wie bits o ledder an tow. It juist scratted alang the grun an didnae turn ower the moud. His team wis a pair o owsen wi their beens sticking throw; ye caud hae picket a tune on their ribs.

Nae sel-respecken tink waed hae bidden in fit they caad a hoose; it wis juist a rickle o steens an thackit wi strae; wie a pucklie shargars o hens scrattin aroon inside an oot fechtin ower a cabbidge-staak. The mannie haed a muckle sqaad o illthriven bairns barket wie dirt, an claithed in rags. His gweedwife wis aye aa in black an she waedna gie ye the time o day. Nae peers-hoose waed hae gaen that faimilie hoose-room withoot steepin them in o a tub for a wik.

Noo Wullie wis in the Machine-Gun Corps; nae it he'd ivvir voluntard tae jine them, he wis postet tae them kis he'd wirkit wie horse. Machine-guns an aa their graith wis cairted aroon on the backs o mulls. Noo a mull's a different kine o breet fae a Clydesdale an maist wis a biddable kine o cratur. But Wullie wis gaen a beast it he caad Alice, though thair wis naethin douce or maid like aboot this beast. It micht staan still till ye wis haaf loadit an thain it kicket an skirled an jumpit an screwed aroon like it wis a madder till the load wis scattert a ower the lines. Aabodie wis feart tae gang near it.

Wullie chayved awa but teen a richt scunner at this ill-cleckit cratur. He'd tried wallopin it wie a stick bit it rollet its een an lasht oot wi its hin laigs; he'd tried butterin it up wie tidder rations an even a puckle shuggar. Bit nethin workit. Alice haed muckle yalla teeth an waed tak a bite o ye even fan ye gave her a pyock o maet. Wullie haed nivver seen sic a coorse, crabbit, coontermacious bugger o a beast.

Ae day fan the serjeant wis waulkin by, Alice's heid cam snakin ower an teen a helluva bite o his erse. The Medical Orderly haed tae patch him up; it leukit mair like a crocodile haed haen a gweed chaw o him. Serjeant Murdoch hirpled aroun like a coo wi the crochle an sweirt he wis gaen tae pit a bullet atween at mull's een the first chunce he haed an thain pit it doon tae Johnny Turk.

Noo Murdoch haed bin in the Boer War an he kent aa the aul sodgers cantrips. The Johnny Turk fairmers wis aa keen-bitten tae get a beast tae pull their ploos an cairts. They leukit peer bit they aye haed a puckle siller shewn up in the tail o their sarks an they prigget sair tae get a mull. Ae day fan the officer wis up at Heidquarters the serjeant sellt Alice tae ae fairmer. He thain trocket wi a freen o his in the Quartermaister's stores an carriet awa a case o the best Indie Pale Ale, ivry bottle aa trickit oot wi its ain bonnie strae cover. We aa haed a bottle apiece an it wis better nor Hogmanay. Alice wis written aff is haen bein killt wie enemy shell-fire.

Bit gin reveille the neist day, faa wis staanin there in the lines but Alice, lairge is life an twice is naisty, waitin fer maet-time. The beast maun hae kicket its wye oot o the fairmer's bit stable.

Wullie's hert sunk. Here wis his black coo back again. Bit the beast haed been written aff. It caudnae juist cam back tae life even if the Gweed Book says ye can. Hooiver, Serjeant Murdoch daedna stick. He sellt the beast tae some idder Johnny Turk chiel hine oot on tidder road.

The neist day Alice wis back again, coorse as ivver, wee muckle marks far the fairmer haed taen a wheep till er back. Wullie fed the beast an rubbit a puckle eyntment intae the cuts. Juist this eence, he didna get kickit or bitten.

Fan Alice wis sellt the neist time, it wis juist the marraw is afore. It daednae maitter foo far awa Alice wis sellt, back she cam the neist day, better nor ony doo heidin for its ducat. This wint on sax or sivin times an the Machine-Gun Section wis juist fair blaudit wie ale. Wullie kent the abstraklous brute waed be waitin in the lines fer him seener nor later. Bit she waed aye kick an bite fan ye wis least expeckin it.

Ae mornin, hooiver, she didnae cam back an Wullie speired leaf tae haud oot ahin the lines tae fin oot far she wis. Aneth the croon o the ferst heugh there wis a soun like a steert up skep o bees. Ower the heugh-heid the bizzin got looder an looder an he followet it tae far he faun Alice lyin streakit oot in the stour o the track. Her intimmers wis splatteret aroon, bluid awye, an civeret wi bizzin muckle flees it waedna jee even fan he shood thaim awa. Her moo wis gaapin open wie the big yella teeth geelt for aye in ae laist bite, but her een wis hazed an tebbitless, the deil inside gane and laid tae rest, aa wickitness drainet oot alang wi her life's bluid.

Uncle Wullie aye said he'd an afa ill-will at this beast, bit I'll sweir he wipit his een fan he telt me the story o a mull caad Alice.

15

I'M GAEN TAE JINE...

I wisna expeckin a reid carpet or the hail ban tae tirn oot in welcome.
In fack I daednae ken fit I expeckit. The office wis clene but dark an
aul-farrant luikin. The top haaf o the crackit waas wis a soor yalla;
aneath the rail wis a sort o wikker-wirk kinna paper pented grey. The
battle-ship broon lino wis polishet up bit wis patchet an pocket wie
bleck holes an scubbit bits an the moose-mouldin wis fite far the
varnish haed been scooret awa. The desk wis aa duntet an scrattet an
spleiteret wi ink bit wis shinin wie bees-wax. At the front wis a
widden sign kerved wie "Major John Barclay". Foo mony expedi-
tions an campaigns haed been thocht oot at that desk? I caud see the
motes o stew flotterin in the ae sinbeam it haed focht its wey throw
the barkit windaes.

The Major wis ivvry inch a sodger, sittin up stracht in the cheer an
trig in blew regimentals. They wis at weel presset the creases wid hae
cuttit yer finger. On ae waa steed twa cordit flags; the stew lyin thick
in ivvry fauld. Eence upon a time they micht hae bin crammasie an
gowd but noo they wis casten tae a streakit dull reid an a soor
yallowie broon. Mi mine wint intae a dwaum.

"Rally roun the flag, men! Stan fast!" Foo aften haed the troops
steed shouder tae shouder an staret doon a fashious crood o haithens,
skirlin for bluid? The Major leukit up fae the closse-typit bittie o
paper he wis readin an his trim wee mouser seemt tae birsle.

"Can I help ye?"

I caudnae faddom oot the souch. It wisna Inglis, mair weelskweelt
Scots wie aa the fooshion hemmert oot wi ower lang service in
fremmit pairts.

"I waed lik tae list; jine up...." I fooneret fan his frosty blew een boret intae mine. I luiket awa an inspekit the muckle aiken pen staan on the desk. A wee siller plate wis scribit "Presentit be the Secont Battalion tae...".

"Join up? Jolly good." He streecht oot the "Jolly" an gart it soun lik "Jol-ee". The souch chynged. "An fit wye waed ye like tae jine oor little companie o volunteers?" His finger chappit the siller-edges o the blotter staan.

Wis he tryin tae mak a feel o me? I luikit up fae the pen staan an staret at the muckle picters on the wa. Faces glowered back throw the smeary gless: Cornel this; Brigadier yon... auld werriours fae auchteen oatcakes.

"I waed lik tae serve. The companionrie. The meesick......"

 Mi vice crackit. It trailt awa intae an awkwart seelence. I soundit glaikit. I felt glaikit.

He luikit me up an doun: mi trainers; dashelt jeans; the muckle "Harley Davidson" belt bukkill; "Genesis" tee-shirt; mi plookit face. Waes he gaen tae lauch me oot o his office? I swithert if I waed juist rin oot an yark the door tee.

"Fit kin ye offer the Airmy?" he speired rael quatetlike. He daednae bark. Wis es a wye o pittin me doon saftly an gaen me the dicht?

The wirds "Bluid an Fire" on een o the flags kinnlet ma bluid. I haed boret intae thir buiks; I haed learnt thir historie: the lang roll o service; battles wun; battles tint. Fit kine o man wid skiddle awa lik a whippit dog? Wis es the speerit fit haed seen aff the Skeleton Airmy; manned a thoosan ootposts among the heathen? I luiket the Major atween the een. Thae daedna seem sae frostie noo, though. Wis they showin curiositie or waes he tryin tae mak me luik lik a sumph? I steed up stracht.

"Faith. Major Barclay. Faith. I kin offer mi time an mi loyaltie. I wint tae serve. An forbye, I'm nae bad it pleyin the trumpet."

A suddent smile wrunklet the wicks o his een an spred aa ower his face. It wis lik a blinter o sun cam oot fae ahin the cloods.

"Come alang next Widnesday nicht," He steed up an pit oot his haun. "We hae band practice thain. The Salvation Airmy's aye gled tae see a wullin volunteer."

THE BEFILET PHANTOM

Davie's motor wis buggert. Watter wis poorin fae the crackit engin-block an the pool o ile aneath wis growin bigger aa the time. The ile lichtie haedna bin wirkin fir months. He'd aye intendit tae tap up the ile fae es aul five gallon drum o stuff he'd gotten at a roup bit it haed aye slippit his mine. The Morris waed hae tae jine a the ither bits o scrap ahin the shed wie the faan-in reef.

"Bluidy thing," he muttert an kicket the tyre. It stairtet tae hiss back at him. Even his bogie wis fit for naethin. The erse wis hingin throw; er wis twa baldie tyres, an the leaf o ae spring wis brukken.

"Fit noo?" he speired tae hissel, bit naeboddie answert. He wis fair doon in the moo. Backbrae Craft wis oot o the wye an he nott a puckle gimmers intil the Mart. He haed tae hae transport but he'd a real ill will at pairtin wi siller. Hooivir, he'd a puckle laid bye in a sock aneath the mattrass; an he'd new gotten his hill fairm subsidy. Hooivver, he'd ither things in mine afore buyin a neu motor an thes wis fair brakkin his hert, bit there wis nethin else for't.

He stumpit intae the kitchie an ruggit the "Press & Journal" fae aneath the cat. It wint skitin up in the air an made a breenge for the door. Davie set hissel doon at the table, raiket throw the paper for the adverts bittie, an scancet throw the "Cars for Sale". Bill Anderson ower at Millbank haed a wee advert in. He wisna ower far awa an he aye haed a line-up o chaip motors parkit ootside his hoose. He'd nae funcy shawreems, jist a bit work-shop made oot o the auld byre wie the gale-en knockt oot.

Davie raikit his roosty aul bike oot o the shed an pit win in the tyres. It wis sair kine on his erse but he managit it ower tae Millbank. Bill cam oot o the garage dichtin his hauns on a rag, his face wis barkit an his biler suit caud hae deen wie an ile chynge. He spied the bike up agin the waa an his een brichtenet up; sumbody wis in sair need o a motor.

But Davie wis nae sae easy tae trock wie. The Jowett Javelin wis a bonnie car but ower dear. The Morris 8 Series E haedna the guts tae pul a bogie but a big Austin 16 catcht his ee. But £320? Bill wis sweirt tae cam doon, bit wie nae trade-in he waed lat it go for £300. The thing haed nae towbar hooivir an he waed nott a trailer sae he wis nae faurer forrad.

"Dae ye nae funcy this motor, noo, Davie?" seys Bill, fearin he waed tint a customer. Richt at the en o the line wis a muckle Rolls-Royce estate car. The RR at the front wis in reid makkin it is auld as the Hills o Birse. Hooivir, it lookit soun an stairtit nae bother.

"Tacky Morrison, the undertaaker, wis luikin it ower but foun it wis jeest a bittie ower short tae tak a kist," explaint Bill, "It's gaun chaip, twa hunner pun tae ee." He daedna bother spikkin aboot foo mony miles it daed tae the gallon or at it haed bin thair for months.

Davie haedna even thocht o the Rolls. A thing lik at wis richt oot o his ken, but the mair he lookit, the mair he wis strucken wie't. It wis rinnin, haed bags o reem, an best o aa, they waesna supposet tae brak doon. He caud aye get the smiddy tae well on a tow-bar, an er wis aye trailers at the Roup. He peyed for the motor wie cash, loadit the bike in ower the back, an aff he drove, is prood is Punch. Bill wint aff rubbin his hauns. He'd gotten shot o a fite elephant.

Davie teen oot the hin seat o the Rolls an rowed up the gless ahin the driver. It wis jeest the dab for cairryin a puckle sheep intil the Mart. Fan he drove in aboot it wis juist like the Coronation. Aa his cronies linet up an cheert wi their bunnets aff an bowet lik it wis Royalitie. Davie teen it aa in gweed pairt. He'd fine stench transport noo even if it wis sair kine on the petrol. He tapt the tank up noo an agane wie a puckle paraffin. It createt an afa stink an gart the ingin dirl a bittie sae he haed tae keep an ee oot for the bobbies.

The Rolls haed bonnie pent-wirk bit Davie nivver even gied it a cat's lick an the inside o't wis seen clairtit wi sheeps keech an pigshit. The bree wis aye rinning oot an makkin a trail alang the causey. He gaed it a scour oot noo an again wie the hose and the stable brush but ye'd nivver seen sic a sottar. Efter twa year haird eese ye smelt it lang afore ye seen it.

Davie aye likit tae see the mazed faces o ither motorists fan they spied an aul yowe or a pig glowerin oot at them. Ae day anither Rolls cam alangside. The driver leukit the eeswal widbe kintry laird: sum retired cornel wi plinty money dresst in a fore an aft bonnet an tweeds. Wie him wis his leddy fa haed a face lik a cuddie. The mannie gappet wie een lik penny-bools an tirned purpil fan he saw foo orra luikin Davie's car wis.

A filie efter, sum veesitors cried in bye tae see Davie: twa afa weel dresst mannies wie smairt trey-piece suits fa annooncet it they'd cam fae Rolls-Royce. Davie wis juist aboot tae set doon for his denner but he teen them in ceevilly an showd thaim intae the kitchie. He haed tae haul a puckle shite aff cheers for them tae hae a seat on. They lookt a bittie mazed kine fan a hen wanderet in throw the door fit wis gappin open an scrattit aroon till he kicket its erse oot again.

"Dinna mine me," says Davie, "Aw'll jeest sup this broth afore it gets cauld."

Davie pooed a speen oot o the drawer. It wis green-mouldit sae he sput on it an scoured it wie his thoum. The mannies' moos drappit open. They maun hae nivver seen the like afore.

"Rolls Royce wis a bittie worriet aboot yir car." ae mannie explaint. They wis real diplomatic kine but Tam caud see they wisna afa teen wie the state o't. A puckle customers haed grat aboot it bein a

21

disgrace tae the mark, fitiver mark at wis, an the state o his motor waes dingin doon the neem o Rolls Royce.

"Weel min," answert Davie, "I'm juist a crafter chiel. I nott a stench wagon tae cairry sheep in, an am sweirt tae spen time polisin up cars, even if I wis siccin til."

The taller mannie seys he caud appreeciate at, bit they'd be willin tae gie him a price for the car. They'd gie him a gweed profit isweel so he caud staun hissel anither motor.

Davie's mine wis in tap gear bi noo. "Weel, I peyed fower hunner poun for't," he seys withoot e'en a beamer, "but ye canna buy muckle for at nooadays. I maun hae a gweed motor tae cairry beasts tae the mart."

They sayed they micht ging as far as four hunner an fefty but Davie's insteents telt him he wis on a gweed thing an he says it even a four hunner an fefty pun motor wis secont hand an waedna be is sicker is the Rolls. At wis fit he likit aboot it. He'd nae repair bills - the ainly thing it hid ivver nott wis a bit o palin wire tae wap up the hin licht fan he'd backit intil a dyke.

The twa swappit leuks an een lat oot a wabbit souch. Davie caud see es wis gaen tae be the hinmaist offer. He gey near fell awa fan they offert him the price o a spleet neu Austin pickup. Davie acceptit.

Threy deys efter, a muckle bleck van wi the Rolls-Royce badge on the side cries in aboot. Twa mannies in blew coats haans ower a cheque and gars him sine for't. They cupplet a wirerape ontae Davie's car, hault it up the ramp intae the van, an slams the doors.

"That's fit wye ye nivver see a broken doon Rolls Royce bein tow'd." seys the driver. "It's nae gweed for the image."

"Sae that's the wye o't, is't? Bit far are ye takkin mi aul motor?" speirs Davie.

"Wir gaen tae the Glesca depot."

"Ony chunce o gettin a lift?" askit Davie, "I waedna mine gaen tae Glesca. They've aye a puckle secont han Rolls Royces for sale doon there."

MONKEY BISNESS

Ivan the Rooskie wis a stryne kine o chiel. Claik wis it he'd bin the ingineer on a Latvian ship durin the war an haed wirkit fir the Jerries so he wis feart tae gang hame. But he nivver let dab an kis he wis ower sax fit tall an bigget like a brick shit-hoose naeboddie pit thir speen in his bisness. He wis an iler doon in the ingin-reem an wis aye a bit o an ootlin. Fan the crew haed a run ashore for a gweed bucket an a preein o the local talent he waed be rakin roon the bazaars or vyowin aul temples an sic lik.

Naeboddie wis affa sheer fan an far he'd gotten the monkey. It micht hae bin Singapore or Java or sum o thae fremmit places fan the ship wis oot East twa threy ear syne, but fit ivver the wye o't, Ivan haed fosteret this wee cratur it sheed still hae bein sookin its dam. He luikit efter the breet better nor mony a mither daed her ain bairn. It got the best o maet an he wis aye cairtin on board muckle bunches o bananas an sic lik. He maun hae spint aa his pey on his Majinka is he cried the monkey.

Noo it wis aa verra weel fan the cratur wis sma, bit the beast wis growin bigger an bigger aa the time. It haed raggity reidish hair an a coorse luikin face wie muckle teeth, an bleck een it followit ye aawye. A gaird dog maun hae figgered somewye in its forebeirs kis naeboddie caud gang near ony o Ivan's gear. It wis juist is weel it Ivan haed his ain wee neuk tae sleep in kis the monkey waed hae torn ye tae bits if ye'd set fit in his buckie.

The beast seen learnt hoo tae open doors an scuttles an wisna contint wie bidin in Ivan's berth. Ae lad wis waakin bar naakit doon the passagewey tae the showers wie juist a tooel roon his neck fan this thing loupit oot the door an bit a lump oot o the starboard chik o his erse. Aaboddie wis noo feart tae pass Ivan's door. If they wintit a shower they haed tae trail up an doon twa companionwyes an waak e lang wye roon.

Then the monkey teen tae knippin up on deck an raidin the galley. The cook, Dusty Millar, gey near deed o fricht ae day fan a lang hairy airm snakit in throw the open scuttle an grabbit sum maet aff a plate. Dusty girned tae the chief mate an he telt Ivan tae keep the

24

beast chinet up, but it aye manishet tae get lowse. It teen a richt ill-will at Dusty Millar an he swore it wad feenish up in the broth pot if it ivver cam neeraboot his galley agane. Bit Ivan caud see nae ill in his Majinka. It wis a bittie lik Beauty an the Beast, tho fa wis fit wis ill tae wirk oot fit wie Ivan's birstlin baird an bashed in face.

Oneywye. we wis aff Venezuela heidin for Aruba in the Dutch East Antilles fan aathin cam til a heid. It wis a roch kine o day an the aul tub eesit tae rowe lik a pig. Dusty Millar haed juist teemt a bucket o gash ower the side an cam back intae the galley. There wis the mon-key, golashin doon aa the bonnie laid oot denner for the officers' mess. The beast lat oot a skirl an heavt a plate at Dusty, thain baled oot the scuttle.

"That bluidy animal," roared Dusty. "I'll killit! I'll killit!"

He snappit up a meat-cleaver, an breenged oot the door. He faun the monkey hunkeret on the starboard rail, thumpin its breist, an chirkin its teeth wie rage, daurin him tae gang neart. Dusty wis at sair roused he jumpit forrat an lat fung wie the meatcleaver. The monkey teen a muckle loup in the air bit the ship wis rowin ower tae port. The beast tint the rail an wint stracht doon the side o the ship, its claws scrattin the pent aa the wye doon intae the watter.

Ivan raikit the ship fae stem tae starn. Lossin his pet monkey gey near bruk ees hert, peer sowel. He wanderet aboot hinginluggit for deys. Naeboddie lat dab it the hinnermaist sicht we haed o his be-loved Majinka wis weel astarn, sweemin hame tae Java, an a puckle sharks circlin roon. Served the bugger richt.

25

UP I'STAIR, DOON I'STAIR

Dunmore Hoose wis a puckle miles fae Steenhive an wis a gey coorse place tae wirk. Lord Dunmore hissel wis a richt fine chiel bit the hoosekeeper wis a gey madam an rulet the place lik fit she wis a sairgent-major. Her bye-name wis Kaiser Bill an some says she shaved her mouser ivry mornin. Ma mither wis only fowerteen fan she wis pit tae service in the big hoose. It wis gey sair wirk in the kitchie; they'd nae washin-up soap in thae days an they haed to use soda fit wis real coorse stuff. Mony a nicht the quines wis greeting sair wie thair chappt hauns. Ma mither haed tae staan a day washin up pots yirded wi grease; the oors wis lang; ye haed only a hauf day aff eence a month; an the pey wis only £10 a year.

In the aifterneen Lord Dunmore haed his cuppie o tay served be a maid in the drawin reem. Thae upstairs lot wis gey uppity an thocht they wis better nor thaim fa workit i the kitchie. That's fit comes wie keepin thir cooter ower near the gintry's backsides.

Onywey, it wis gettin oan fer fly-time an the cook wis makin up the tray fer his Lordship. Thair wis butter biscuits an Indie tea, a bonny siller sugar-bowl and milk joog, an the best been cheeny it haed tae be washt up in a wee basin on thir ain.

But, "Oh; Michty Me! Fit's gaen wrang? Thunner hid spilet the milk!" Thair wis nae fridges in thae days ceptin thair wis a steen-waad hole caad an ice-hoose i the side o a hill close bye for pheasands an sic like beasts. But at didna help the milk ava. Fit cuid they dee? The hame-fairm wis twa mile awa. If his lordship haed nae milk fer his tay thay waed aa get the seck an be oot the door wi their boxes an nae testification - Kaiser Bill waed see tae that.

Cook lookit like a thunner-clood. She haed nae man an she'd an aul mither tae keep. At her age she cuid ill afford tae be lookin for anither place. Bit she didna stick. Cook glowered aroon the kitchie. Thain she spied the catty's dish. Puss haed got the best o the cream in the mornin an haed hardly titcht it; the beast wis ower weel fed - it ett better nor mony a peer pauper in the wirkhoose. Bit the dish wis full o catty's hairs an snochers. Sair action wis caad for.

Cook hitcht up her goon, lowsed her garter, an haulet aff her stockin. She grabbit a joog an streecht the stockin ower the tap, an thain poored the milk intilt. Mither haed to scour up the siller tillt shone like sharn on a heich rig an thain Cook pooret the milk intae the cream joog. Oan wint the bonniest tray-claith; oot wint the butter biscuits an oan went some fine buttert scones that she'd juist neu made for her mither. Wie a pucklie hame-made straaberry jam in a been cheeny dish, an twa three sweet-peas in a wee floor-vase the tray wis sic a wirk o art.

 Juist wie that in cam the parlour maid an awa the tray wint tae the drawin reem. Aabody got oan wi their wirk but they wir juist tooterin aroon an loupit ivry time the door openet.

An afa lang hauf-oor efter, back in comes the maid wi the tray. "His Lordship enjoyed his tay", she says - an winnered fit wye aabody wis rowin aroon eether greetin or lachin intae thir aprons.

A MAN'S A MAN.

A filey ago, aboot the time fan the sun wis stertin tae ging doon on the British Impire, I wis gairdin the Suez Canal. Nae aa be masel, mark ye, there wis a puckle thoosan mair asides me.

It wis gey het wirk in an airmoured car rinnin up an doon alangside this muckle ditch caad the Sweit Watter Canal. At wis a funcy neem for a gutter fou o fule green bree wie deid cats an waur floatin in o't, an es wis supposet tae be far oor drinkin watter cam fae. We wis luikin for sumwye quate tae hae wir maet awa fae the Military Police it likit nethin better nor howkin their lang cooters intae aathin, an pullt up aside fit luikit like an auld Prisoner o War camp. Er wis aye plinty o plaices like at in Egypt laift ower fae the War. Es een still haed a muckle roosty pikit weer fens roon aboot it an huts bleacht near fite wie the sun. Ye caud gey near hear the timmer skirlin oot lood for a sook o creosote. Ae corner o a sheetirin reef flappet aroon in the win, an the saan wis bingin up roon aboot the foons. There wis nae a sowl in sicht. Desertet. Like Fiterashes on a Sunday mornin, or ony ither dey cam tae that.

It wis braw tae hae a moofu o caller air oot o the rik an hait o the car. The gunner set oot the flask, a puckle bananas, an the sangwitches on the bonnet. They wis aye the same: desert chucken - corned beef tae thaim it's nivver bin in the airmy.

We wis ower teen up wie fleggin the flees awa fae wir denner tae tak tent o the haaf a dizzen peer shilpit craturs it appeart on the ither side o the pikit weer. They wis juist rickles o been, dresst in auld rags, wappit up in fule orra bandidges, staanin thair withoot seyin a wird. They'd hae fitted in weel at a tinkies' convention. Fan ye teen a closer luik ye caud see it sum haed tint a puckle fingers an taes; twa haed nae neese, juist a muckle hole; an ithers wis kivered wie afa luikin dreepin sair bits an scubs. We'd gotten a richt plaice tae hae wir picnic; it wisna juist an auld POW camp; it wis a leper colonie.

Ae chiel cam richt in aboot. His skin wis aa siller scales like a fish. It didnae seem it he caud spik for he juist pinted at his moo, a seelent message it onybody caud oonnerstaan. Noo aabody stationet in Egypt picks up a puckle uisefu wirds o the langwidge an sae I telt the chiel in Arabic tae "Ging awa swippert like".

Nivver a wird wis seyd in reply, nae a myowt. Sad bleck een luikit back at me fae aneth his hood, syne he vizzied the ither billies in the crew but they didnae tak heed o him eether. The lave o the raggity ban juist steed thair like tattie-boodies, the win flappin their rags. Like it wis in slaw motion at the picters the fish-like mannie pit his fit up on a picket post an kiltit his galabiah abeen the knee. He poukit his fingers deep intae his laig an slawly rived aff a muckle skelp o flesh richt fae the knee tae the queet. Ye caud see the fite been shinin thru. He heukit the bit up on a pike o the weer like it wis a lang terget o fish on a tenter, thain hirplet awa withoot een a backards luik.

Twa o the lads byocket their guts up an thocht it they waednae bather wie denner. But the corporal an me shuvelt doon the lave o the sangwitches an luikit aroon for mair. I wis a growin loon in thae deys.

Is the raggit ban shauchled back tae the huts, trailin their laithsum cloots, a shite-hawk circlin owerheid swoopit doon an skedaddled wie the skelp o flesh tuckit up aneth its tail. It wis chaset be a puckle o its freens sikkin their share. There's nethin much ivver wastet oot East. They sey it life's teugh at the tap, but by Jove, it's a dampt sicht waur at the boddam.

29

Noo it's bin a gweed puckle ear since I wis oot in the lan o the Pharaohs, an the beens o at peer leper chiel'll hae lang syne bin happit aneth the desert saan. But I still mine on thae sad bleck een luikin at me fae aneth the hood an oor wint o peety for a fella human bein at day. The dominie at the skewl eence telt us a poem be Omar Khayyam far er wis a bit aboot "The moving finger writes, and having writ moves on......" I think I ken noo fit the poet-mannie wis tryin tae pit ower.

A PERFECK FIT

It wis fan Wullie haed tae spen a nicht in the Modeller it he lost his fause teeth. Imagine stealin a bodie's teeth - foo low kin sum fowk get? This wis juist afore the War an they wir gey hard up days. Wullie wis only wirkin casual an sinin the Buroo in atween, sae he lacket the siller tae pey for a neu pair. Noo life's a sair eneugh chayve wi teeth, but it's a damn sicht waur withoot.

The pawn shop roon the corner eesed tae tak in fause teeth an Uncle haed a shoe-box full. Wullie fund a pair it wisna ower bad a fit, bit at twal shillins they wis ower dear; he wid hae tae save fir a cupple o wiks afore he cuid buy them. In the meantime, it wid be broth for denner an saps for supper.

Wullie's ae luxury wis a pint on a Setterday nicht an it wis in the pub that he ran intae Big Tam. Tam listened tae the story an waggit his heid.

"Nethin waur than haeing nae teeth," he sympathised, "There's sam richt thievin buggers aroon.

"Aye. They'd steal the sugar oot o yer tay." Wullie wis a bit o a philosophour.

"Noo I've a freen o mine it micht be able tae help ye," continued Tam, "He's nae dear either. Ye'll get a pair for aboot sax bob."

"Is that a fack?" Wullie brichenet up lik a glint o mornin sun bit the effeck wis spiled a bittie wi his tuithless gums. "It's wirth a pint tae ye if I kin get haud o a pair."

"Och. Nae bather. I ken faur he is the noo. Juist bide here an I'll be back in five meenits."
Wullie nursed his pint till Tam cam back wi a wee mannie cairtin a big cardboard box unner his airm. It wis plunkit doon in front o Wullie.

"Hae a luik in there, ma freen. See if there's onything tae suit ye.

Half a set for fower bob; or a full set for sax."

The box wis stappit fu of fause teeth o iviry sort. Sum wis auld an blaudet-kine, a puckle wis bleck eens fae auchteen oatcakes; there wis even a pair jined thegither wi springs; bit ither eens lookit real gweed. Wullie haed a rare time tryin them oot till he fund a pair it fitted gey near perfeck.

"Smashin. Fit a rare fit. Here's yer sax bob. Much obleeged tae ye." At last he'd be able tae eat. He grinned at hissel in the mirror ahin the bar, rael teen up wi his neu teeth.

"Bit faur on earth did ye get a collection o teeth lik at? Dae ye wirk fir a dentist?"

Tam's freen lacht an tappit the side o his nose. "At's for ee tae speir an for me tae fin oot," an aff he wint wi his box unner his oxter. Tam accepet a pint.

"Fit's yir freen dae for a livin, Tam?" speirs Wullie.

"Och, He's a grave digger wi the Toon Cooncil. Fowk are aye winting graves deepenet tae mak reem fir anither coffin. He dig's doon, thain smashes the auld coffin an beens intae the grun wi a hivvy maul," Tam chuckled tae hissel. "An teeth's a rare bonus if ye chance on a gweed pair."

Wullie near chokit on is pint.

TAMMY TROOT

Tammy Duncan wis weel kent in Pittendreigh an twal mile roon.
Aabody caad him by his bye-name o Tammy Troot fur he wis a gran
haun at the guddlin. His aul van wis stappit foo wi nets and traps an
sic like gear for Tammy wis the ratcatcher. Tammy haed nae gran
ideas aboot being a Rodent Operative or a Vermin Exterminator or
onythin funcy like at, for he wis the best it er wis at the rottans.

Noo gin oor Tammy haed a faut it wis es: he wis an afa drouth. He
likit a dram but ratcatchin wisna juist at weel peyed, so fit cuid he
dae? Ae wye o gettin fou wis tae help hissel tae fit wis gaen spare
oan the coonter or tables; an he wisna abeen nippin up a chiel's drink
fan he wis oot tae watter the horse. This naisty sort o habit got him a
blue keeker or twa, but it didna fash him neen.

Aabody kent fit he wis like an some chiels waed try tae eek him oan.
Ae lad sput in his fusky gless but Tammy jist poored it doon his
throat, lumps is weel. Anither lad drappit his fause teeth in his pint o
hivvy tae mak shure naeboddie waed titch it but Tammy still haed a
swig oot o't. Ae time they pit a gweed dose o castor ile in a gless an
oor Tammy wis twa days on the watterie, bit at nivver faized him
ava. The lanlords didna like it, fur some fowk wis aye girnin aboot
Tammy, an syne he wis banned fae juist aboot ivry pub roon aboot.

Tammy's nearest watterin hole wis the Pittendreigh Arms. It haed
been juist a wee kintra pub till Charlie Moncur haed teen it ower an
biggit a muckle place oot the back caad the Highwayman's Retreat
but the nearest thing tae highway robbery wis the prices. He'd
turned the snug intil a cocktail bar an steed ahin the bar in a fite sark
an reid bow tie. Charlie wis aye blawin aboot the place in the "Press
& Journal" an plinty toonsers fae Aiberdeen cam oot an bocht his
Plooman's Lunches an a haaf pint, tho the onlie ploo they'd iver seen
wis oan a scaffies wagon in the snaw. Fowk roon aboot eesed tae

lauch at him but he wis raiking in the siller, so fa wis lauchin? He haed a dunce eence a month in the Highwayman's Retreat an it wis aye stappit full wie aa the young fry.

Noo Tammy wis barred fae the Arms bit he thocht he cuid wirk a flunker at the dunce. He raiket oot his roosty Sabbath suit an sleekit doon his hair wi Bryllcream tul it wis shinin like sharn on a hi rig. The effeck wis spiled a bittie wi his tackety beets but fan the lichts wis doon fa waed tak tent? He hung aroon till things het up and the drink wis fleein like the Muckle Spate. Tammy kent foo tae get in by the auld snug withoot bein spottet an bored his wye throw the crood. He nippit roon the tables scoopin up aa the dregs and spare nips it he cuid fine. Bit his luck rin oot fan Charlie Moncur grabbit him. "Out with you, you scavenging old reprobate," he skirled; he wis a gran haun at the pan loaf wis Charles (he didna like tae be caad Charlie). "Out, and don't come back or I'll call the police." and peir Tammy went stottin oot the fire-doors.

Tammy wis fair affronted wi es, an hunkered doon on a steen ootside girnin awa tae hissel. Efter a filie ower he wint tae his aul van an raiket aroon the back. Noo if Tammy wis ae thing, he wis a maister o his trade; he kent foo tae nip a rottan ahin its lugs tae knock it oot an thain bring it roon again. He raiket in a wee bit siller wi live rottans tae some bettin chiels wi dogs in the toun an he haed a puckle in ower a box. Tammy stappit them in a seck an creepit roon the back. He kent far er wis a windi it haed ane o thae electric fans bit fit wisna workin. Wi aa the rackit inside an wi the curtains pooed naebody saw him nippin the rottans tae wauken tham up an thain drappin thaim doon inside een o the curtains.

In the hallie fowk wis fair enjoyin emsels. The band wis playin fine an a lassie wis giein great licks tae the piana. Aa iv a suddent a muckle broon rottan nippit up the curtains an ower the tap o the piana. The lassie lat oot a skirl it waed hae waakened the deid in the kirkyaird. The band loupit aff the staan and the drums wint skitterin

34

ower the fleer. Charlie pit oan the muckle lichts tae see fit the stramash wis aboot an thain fowk saa the rottans. Ae brute wis sittin on a quine's hanbag washin its fuskers an mair were skitin aroun the fleer. The quines aa skirlet blew murder an aabody breenged oot the doors like a puckle stirks on the rampage.

Es wis Tammy's chunce. In ee bored an poored nips o aa sorts doon his thrapple till he wis fair foamin at the moo. He wis at sair made wi drink he haed tae shak doon wie his futruts in the back o the van.

"Man. Fit a nicht at wis!" he crackit wie his cronies, "At'll larn Charlie tae mak a feel o me."

Bit the best bittie wis fan the Sanitary haed tae be caad in tae the Pittendreigh Arms and Tammy got the job reddin oot the rottans fit haed skedaddled lang syne. He wis nivver barred fae there again.

CORPORAL PUNISHMENT

There wis somethin aboot Corporal Hardy it brocht the ill oot in fowk. It wisna it he wis a Cockney an wis aye blawin it Lundon wis the centre o the universe an aabody else wis yokels; an it wisna it he wis aye bummin his chat aboot fan he'd bin in Kenya fechting the Mau Mau an foo roch it haed been til he'd gotten there an sorted thaim oot. He aye wore his medal ribbon like it wis a V.C. an sum clishmaclaiver pit it aroon it he even haed the yalla an bleck ribbon an his corporal's tapes shewed on ees pyjamas. But they micht hae been pullin wir legs. Na. If there is onythin, it wis the sneerin sort o wye he aye spak tae fowk less rank in hissel an the wye he sookit up tae the offishers. A richt creepin Jesus if there ivvir wis een.

A puckle o the lads teen a richt ill-will at Corporal Hardy an they wint oot o thir wye tae get thir ain back. Fan we wis oot in the field if onyboddie faun a scorpion or a camel spidder they'd pit it in een o his beets at nicht, but that didna wirk. Maybe it wis the rik fae his feemin feet it kilt them aff but onyboddie wie ony sinse aye shaks thir beets oot in the mornin, ye nivver ken fit micht crawl in. Hooivver, we did get im richt bonnie fan we wis gairdin a muckle ammo dump in Aden. A snake haed poppit its heid oot o the steens unner a sintry-box an the sintry haed chappit its heid aff wie a bayonet. The snake wis still lashin aroon so fan the gaird's shottie wis up he teen it back tae the gaird-reem an stappit it intil the corporal's blankets.

A filey efter, Corporal Hardy wint fir a lie-doon oan the campbed an teen ees beets aff. Is he slidet hissel doon in e blankets his bare fit skiffet up agin e snake fit wis still wallopin aroon. He lat oot a scraach it waed hae waakened the deid an loupit oot like a bomb fae a threy inch mortar. He juist wint gyte, stabbin awa wie a rifle an bayonet at the camp-bed an blankets till they wis like rags. Aaboddie seys it he wis a rael hero fir tacklin the snake, thain laucht at him ahin ees back; but he wisna afa pleased fan he haed tae pey fir e camp-bed an blankets. Is ye kin see, he wisna sair likit.

A wik or twa efter, we wis sint tae gaird a Maintenance Unit at Steamer Point doon in the main toon o Aden. Thair wis aa sorts o neuks an crannies roon the huts an wirkshops an the hail place wis girded roon wie a hich steen waa crooned wie piketweer. We patrolled aroon in perrs an haed tae keep a lookoot fir clifty wallahs brakkin in, bit mair aften than nae we waed be hidin in a neuk for a sleekit smoke an the gaird commander caud nivver find us.

Roon the back o the gaird-room awa fae the bricht lichts wis the bogs. They wis a raw o staws, each wie a widden seat an a muckle cast-irin bucket aneth juist like the watterie at hame. Roon e back o each staw wis a wee widden door far the sally wagon squad caud haul oot the ful bucket an stap in a clean een. The sally-wagon wis like a wee petrol tanker an its squad haed to lift up reamin buckets tae sumbody on tap fa teemt them intae the tank. The buckets wis aye sloppin ower doon the billies' necks an ye caud aye smell the squad lang afore ye seen them. It waesna an afa popular job gairdin at lot.

Noo fit's a lavvie got tae dae wie the price o tea in China ye micht be speirin, bit juist haud oan tae the cuddie a meenit.

Me an ma freen, Geordie fae Newcastle, (far else?) wis patrollin ae nicht fan we stoppit for a news up aside the bogs. Geordie wis blawin aboot es thunderflash it he'd gotten fae a trainin-exercise we'd bin oan. For thaim it disna ken, a thunderflash is like a muckle squeeb it lets aff a bang juist like a haun-grenade. Noo it waed be a coort-martial if he'd bin faun wie it, but sum o oor lads wis a gey gallus lot. Geordie winted tae heave it intae the open windaes o the gairdroom tae create a steer bit I got him tae haud ees haan. Hooivver, is we wanderet roon by the back o the gaird-room fa cam oot bit the Creepin Jesus hissel awa tae the watterie, an him nae carryin his Sten gun eether.

37

"Hardy's sikkin tae clear ees brain," Geordie fuspers.

Es wis oor chunce. We snaket up roon the back o the lavvies and faun oot far ee wis be aa the gruntin it wis gaun oan. The little back-door wis eesed open quate-kine an there ee wis, singin awa tae hissel, the bonny fite chiks o ees erse shining awa in the bricht meen-licht. Geordie set aff the fuse o the thunderflash, laid it doon by the bucket an steekit the door, aa in the maitter o a secon or twa. Thain we run lik the haimmers o hell roon the corner. But ae thing we hadna thocht o. Ye wisna supposet tae let thae things aff in o a crivved in space.

A hellish bang chattered the quateness o the nicht. It wis juist lik a thunner-clap. The wee widden door cam stottin aff its hinges in bitties, rik poored oot, an the shit-bucket coupit ower. Er wis ae almichty scraach lik a monkey wie a reid-haet poker stappit up its erse an Corporal Hardy cam skirlin oot the lavvie like a Dervish. He'd nae breeks or drawers oan an er wis a muckle black ring roon ees erse. He wis haudin ontae ees faimilie jewels wie baith hauns an yellin blue murder aboot a bomb. The gaird cam rumblin oot wie rifles file the Gaird Commander wis birning up the telephone weers tae Heidquarters. Syne we cam skelpin up aa saikless like tae see fit the stushie wis aboot.

My Goad. Fit a steer. Larry loads o sodgers cam chairgin up in ful battle-order, bizzin aroon like reid-ersed bees on heat. The hail place wis tirned ower, but strynge tae sey, nethin wis faund. Naeboddie waed gang near the coupit bucket fit wis juist is weel itherwise they micht hae spottit the cairdboard bits o the thunderflash. Corporal Hardy haed tae be cairtit aff tae the hoaspital wie afa sair concussion tho it wisna his heid it wis concussed. Peer sowel, he maun hae been in agony. Serves the bugger richt.

Hooivver, Hardy cam oot o't better nor onyboddie; a commendation fae the hich Heid Mannie nae less, an back tae the UK fir a Sairgints Course, the jammy bugger. Bit at least, we'd gotten shot o him.

Sae a wird tae aa you Corporals an Sairgints an hicher heid yins. Shuid ye ivver be tempit tae mak licht o yir men, tak tent. Teem yir beets ivvry mornin an keep a gweed haud o the faimilie jewels fan ye sit on the watterie. Ye nivver ken fan sumboddie like Geordie fae Newcastle's gaun aroon.

THE ROTTANS' FLITTIN

Afore the War, fairmers aye said they wis ae step fae the peers-hoose an Peter Mitchell wis taakin aa his time tae scrat a livin fae Blackmyres. Ma fadder wis feed is ploomin thair an gey near brakket his back in Blackmyres weet and steeny parks. Peter haed jist ma fadder an the orra loon tae wirk the place an it wis a gey sair chaave.

The cottar hoose wis juist a rickle o steens, wi muckle holes i the door an oothooses, bit it wis wirk or wint in thae days an naebody wis ony the waur for't. Fadder wis fair scunnert o haein tae mak dee an men the theats wi bits o binder twine an wire an wis even sair made tae keep his pair o horse in maet. Ye haed mair chunce o gettin the Horsemans Wird fae a ploomin than gettin siller oot o Peter Mitchell. Ivry penny wis a prisoner an ivry fardin hoorded like gowd.

The steadin an fairm-hoose wis faain apairt an the place wis ill wi rottans. They wis aye scrattin an rummlin aroon in the barn an byre an awye wis filet wi thir dryte. Ye cuid see thim nippin ower the cupples o the stable an thir een keekin at ye fae ivry neuk. They haed a gran hidie-hole doon inside the aul watter-mull an nethin waed get shot o thim. Hooivir, fan een wis faund sittin in the bairn's pram, Peter wis obleeged tae caa in the ratcatcher, tho nae wie afa gweed grace.

It wis twa days afore Andra Duncan cam blatterin up the ferm track on a belaggered aul New Hudson combination. Some fowk sweirt it wis left ower fae thi Great War an they cuid weel be richt. Insteid o a side-car it haed a muckle widden kist faur Andra cairtet aa his gear. On tap wis hunkered es ill-faured tyke caad Wullie. His lugs wis tattered like a tinkies sark and his heid wis aa scrattet an scubbit wie fechtin rottans. The thocht o rottans gart him loup doon an snuffel aroon wie his tail wuggin awa like the drivin-shaft o a thrashin mull. Andra luikit a richt bauchle: he'd lang, raggety hair croonet wi an aul booler hat, mowdieskin breeks haud up wi galluses, an a jaiket fair yirded wi grease, but he kint fit he wis aboot fan it cum tae rottans.

Peter wis sweirt tae pairt wie ower muckle siller an it teen a bit o hummin an haein tae trock on fit Andra caad "His Speeshall". A rottan-drap wis bated-up an pit in the barn. Andra declaret it he'd be back the morn an oor aifter yokin time.

At dawnin Peter cairtet oot the drap an steed it on a neepcutter. A muckle broon rottan wis birslin awa in a corner. Bairns wis nae supposet tae be thair but we wisna gaen tae miss onythin an linet up alang the midden-dyke tae see fit wis gaen on.

Richt on the minit heid Andra rattlet up in a clood a blue, stinkin reek an pleiteret throw the dubs o the fairm-yaird. He inspeckit the rottan-drap, then kicket it. The rottan wint intil a rage an birsed its teeth at im. "At een'll dae fine," he says.

"Fit are ee gaun tae dae wie at naisty brute?" speired Peter. "Juist ee watch es," declaret Andra an pullt oan muckle ledder gloves. He wis carefu tae open the yett juist eneugh tae ease his haan in an grippet the rottan ahin the neck. His thoom presst doon an the rottan lay like it wis deid. Andra pit its fore-end intae a wee ledder pyock an pullt the draw-string ticht.

"At'll haud the bugger," declaret Andra. He haaled aff the gloves an threeded up a muckle needle wi a puckle stoot blaik threed. We wis aa dumbfoonered fan he stairtet tae shew up the rottan's erse. Fan he'd feenished he nippit aff the threed, flung the rottan on the midden, an aff it skited.

Peter wis watchin this, growin mair bool-eed be the minit. He teen

41

aff his bonnet an scrattet his heid. "Help ma Boab, Andra, fit's aa es in aid o? Foo will at red oot the rottans?"

"Jist ee wyte or the morn, Peter," answert Andra, is he stowet away his gear. "Jist let me ken if it disna wirk."

"Bit foo will a ken if it wirks? Fit's gauyn tae happen?" The thocht o the threy haaf-croons wis steerin up Peter.

"Ye'll ken a richt if its wirkin," says Andra. He raikit his pooches fer a brookit aul cuttie an a puckle bogie-roll. He hackit aff a bittie an stappit it in, thain lichit it wi a spunk. Eence it wis drawin fine he carriet on, "Jist think fit wid happen tae yir intimmers if some cratur shewed up your erse. Jist hing on or the morn." Twa kicks o the bike an aff he wint wi his booler hat ruggit weel doon ower his lugs.

That nicht in the wee sma oors, a thin reedy sort o skirl stairted up an distrublet the slumbers o Mistress Mitchell. Peter wis obleeged tae rise an openet the windi it owerlookit the steading. It wis a cloody nicht an it wis as blaik as the Yerl o Hell's weskit.

"Fit the hell noo?" Peter mutteret, wi the caul win fustlin up his sark. Aifter twa-tree meenits glowerin aroon an sweirin awa tae hissel, oonerstandin dawn't. He wis lauchen awa is he crawlt back in ower the bed an snugglet doon unner the patchwork quilt.

"Stap yer lugs, Agnes," he avised, "Ah ken fit it is." Agnes skirled a puckle nae very leddy-like wirds fan he plantit his steen-cauld feet on her doup tae haet them up, bit she seen settlet doon. The skirlin ootside wint on fer an oor or twa, thain it turnet quairt wie jist the ordinar soons o a fairm.

That same nicht, juist ower the hill fae Blackmyres, the meen haed flittit oot fae ahin the cloods. The young loon Phimister fae Burnt Tap wis kneipen hame on his bike. Wie nae lamps he wis glaid o the fitfu meen-licht. Wird wis it he wis trockin wie the lassie fae Smiddyhill. Onywey, is he chaaved up thi hill at Birken Braes by the aul kirk-yaird, he spied a sicht it stoppit him deid: nae a bogle, bit a livin carpet ripplin ower the road in front o his bike.

It wis rottans by the thoosan: muckle eens an smaaer eens; weans carriet by thir mithers; aul eens withoot hair towd alang by yuinger fry wie a bittie stick in thir moo; aa in ae muckle bourach. The sicht feared the loon at much he couldna meeve. The hair o his heed steed on en. Haed his granfadder nae telt him o some grangel body being aiten alive in a rottans flittin fan he wis sleepin in o a ditch ahin a dyke? The tide lappet richt up tae his front tyre. He daurna meeve; daurna even tak braith. Hooiver, the Guid Lord maun hae bin watchin ower him that nicht an the rottans passt him by. Eence he'd stoppet shakkin he flew up thi road like the haimmers o hell an didnae stop till he wis hame. He nivir wint that road again at nicht.

Blackmyers wisna trublit wi rottans for a lang time, but Andra haed tae be caad in tae a puckle o the neebors' fairms. An a reglar sivin an sax wis nae tae be sneezet at in thae hard-up days.

43

PEARLS OF WISDOM

Fan Gerald an Winifred Grace-Cunnyngham bocht the auld steadin at Blackmyres they tirnt it intae a richt bonnie hoose. They'd biggit a rockery an a Chinee watter gairdin an pit in hunners o aa soarts o busses an floors. It wis juist lik a picter post-caird o thae bonnie thackit hoosies doon in the sooth o England. Bit is weel is aa thes, they boxet in e plaice wi a steen waa an pit up muckle iron yetts wie a sign seyin "Private. Keep oot."

For aa that, they wis fine enuff fowk an they tried affa haird tae get rowed intae aathin. They'd wun a puckle siller sellin aff thir hoose doon aside London an wis able tae retire tae this naick o the wids. Fit wye they pickit es oot o the wye plaice, Guid ainly kens. They likit nature an waulkin the hills an preservin the environmint, an wis aye steerin up fowk tae organise classes in folk meesic, es, yon, an fitivver. Twa threy fairmers fae roon aboot didna tak wie thaim makkin souns aboot slurry ponds an nitrates in the burn an the smell fae Jim MacPherson's piggery, bit is lang's they didna steer things up ower sair they cuid thole at.

Gerald wis aye worriet aboot dogs daein thir bisness an leavin doggers oan the pavemints. He keepit annoyin the cooncil till they pit up a bonnie green bin juist for doggers. Ae wag seys his dog couldna rax at far up tae use the bin an he wis gaen tae post his tae Gerald, but nae doot the postie micht hae teen ill wie at. Es campaign earnt Gerald the bye-name o "Doggers" Cunnyngham.

The Grace-Cunnynghams wis affa keen tae be oan the Cooncil an baith hid steed is cooncillors bit it wis juist is weel they'd nivver gotten in. It's aa verra weel haein fowk lik at tae rin the Brownies or the Kirk Guild bit tae lat thaim rin the Cooncil? Na. Na. A wee bittie pooer in the wrang hauns kin cause a lot o tribble. They'd be makkin laws aboot hippins for horses an perfumes for piggeries.

The wifie Grace-Cunnyngham aye threapit doon aaboddies throat it her neem wis spelt wie a "y"; sumthin tae dee wie her forebeirs she said, tho she didna pit ye throu fit wye onybodie wid wint tae blaw aboot kin it couldna spell. Sumboddie haed kirstened her Sly Bacon fit seemt tae fit er fine kis she'd boret her wye intae the heid o aathing. She wis Coonty Commissar fir the Girl Guides; heid bummer fir the Reid Cross, Chairwifie o the Skewl Board; ee neem it, an she wis in o't. Bit faur waed we be if ye didna hae fowk lik at tae organise aathin? Naebodie else wis keen tae shuve thaimsels forrat, ceptin for Doggers an Sly Bacon Cunnyngham.

Onywey, it wis the Gran Denner an Concert tae raise siller for stervin pole-cats in Siberia or sum sic wirthie cause an Winifred wis the queen bee is eeswal. She'd roundet up aabodie she cuid muster includin maist o the fairmers fae roon aboot. She aye manaqet tae twist thir wives' airms at the Rural an they bullyt thir menfowk intae gaen.

Gerald an Winifred wis at the heid table, her luikin lik Royalitie aa dresst up tae the nines, flashin a muckle string o pearls, alang wie a puckle o the local worthies an the Meenister. Adam Souter o Burnbanks haed landit next tae Sly Bacon fit didna please him afa sair kis he foun it a bit o chaave tae mak polite spik fan he'd raither been newsin doon at the "Brig Inn" wie a twa threy o ees cronies. Noo Adam haed aaready haen a puckle drams afore he wint oot (tae gie him strinth, he seyd) an haed fullt his hip-flesk is weel. Fan Agnes, his guidlady, wisnae watchin he wis haein a sleekit tootle intae his coffee cup. By noo, he wis gettin gey gallous and ees voice wis gaittin looder an looder.

The wifie Grace-Cunnygnham wis layin aff aboot fan she'd been in Indie wie her faither fa'd bin a Wing-Commander in the R.A.F. Somewey it aye seemt tae slip intae the confabble aboot foo hi up and foo weel-deein thir fowk wis.

"Is at richt, Mrs Cunnyngham?" seys Adam. He kent she likit her full hannle sae he aye made a peint o leavin oot the Grace bittie. "Ah'll bet ye didna ken it my Agnes wis a Wing-Commander?"

"Really, Mr Souter, I wasn't aware your wife had been in the WRAF.

"Neither so she wis," replied Adam, "Bit she's in command o aa the chuckens on the fairm."

Mrs Grace-Cunnyngham gave a polite titter, she wasn't too sure of Adam, not since the time he'd told her he got streaky bacon by feeding his pigs double rations one day and starving them the next. "Oh. You've such a wicked sense of humour, Mr Souter. Hasn't he Vicar?" Winifred was never quite au fait with the structure of the Church of Scotland.

The Minister affirmed that Adam could be a bit of a wag on occasion but tactfully changed the subject by admiring Mrs Grace-Cunnyngham's pearl necklace.

"Oh thank you, Vicar, it's really something very special, but my husband knows its history." Gerald explained that the pearls were a family heirloom, presented to his father by an Indian potentate as a mark of appreciation.

"We've a faimily heirloom, is weel, hivn't we Agnes," seys Adam, "Fit aboot at string o pearls yir Auntie Bella left ye. Am sure she peyed saxpince in Woolies for im afore the War."

"Ooooh you are a card, Mr Souter," giggled Mrs Grace-Cunnyngham, "I think at sixpence they might just be imitation pearls."

"Even cultured pearls would be very expensive," Gerald informed the top table, "But these are the genuine article from the Indian Ocean. They should really be kept in the bank vault."

"Weel funcy at noo," seys Adam, the fusky wis geein him a rael warm glow bi noo, "Daed ye ken it Ah wis oot in the Indian Ocean durin the War?"

Really Mr Souter," replied Gerald, "I thought you farmers were too valuable to have been called up."

"Ah wisna aye a fairmer ye ken," seys Adam, "Mi faither wis a crafter an fisherman, an I eesit tae gie him a haan on the craft an helpit oot on the boat. At's i wye ah wis pit intae the Royal Navy."

"How interesting," said Mrs Grace-Cunnyngham, "Did you ever reach India?"

"Na. Na. Ah nivver got at far." replied Adam, "Ah wis oot bye the Persian Gulf. Bit at wis far Ah first saw thae pearl fisher chiels. They onlie haed wee boaties wie a sail, nae muckle bigger nor a canoe they wis. They waed catch the mornin win an sail a gweed twinty or thritty mile affshore tae the pearlin banks. They wis richt oot o sicht o lan, wie nae even a compass or a chart. An thain in the evenin the win waed chynge tae on-shore an they'd sail aa the wye back again."

"That's amazing," said the Minister, "They must have been tremendous seamen. But what if there'd been a storm?"

"Aye weel, Meenister, at's een o the mischances o gaen tae sea, bit a storm wisna aa they haed tae wirry aboot. Thae billies wint oot bare nyakit, if ye pardin the expression, nae even a bit o cloot roonaboot thir hurdies. They cuid easy hae drappit thir pearls or hae bin robbit bi sum clifty wallahs, at means thievin buggers. Oh! sorry, Mrs Cunnyngham, pardin mi lower deck langwidge."

"Quite all right, Mr Souter," Winifred aye likit tae sook up the local folksy vernacular an inhaud wie the biggest fairmers, "but what did they do with the pearls to keep them safe?"

"Weel noo. Er wis ainly ae thing they cuid dae, Mrs Cunnyngham, they stappit the pearls up thir erse."

At first there was a horrified silence, thain the meenister snicheret awa ahin ees napkin, file the rocher element rowed aroon lauchin fit tae burst.

Mrs Grace-Cunnyngham (with a "y") was never again seen to wear her priceless pearls.

DINNA MAK WAVES

Naebody really likit Dougal. He wis,... sorta different, if ye ken fit I mean; respeckit mebby, but nae likit.

Fit wye wis at, ye speir? Weel. It wisna kis he wis a kirk elder an aye steed at the door glowerin tae see fit ye'd drappit in the plate. Nor wis it kis his twa loons, Roderick an Alasdair, haed baith bin Dux o the skweel for aye sookin up tae the dominie. An it wisna kis his wife, Ethel, fa wis the dochter o a missionary in India, aye shoved her lang cooter intae onything an aathin; an wis the heid bummer o the Sunday Skweel, an the Ladies' Circle, an the Girl Guides, an the Volunteers for Dichtin the Erses o the Sick. They say it some fowk suddently turnet ower nae weel tae see onybodie fan she leukit near haan. But is ye ken, I'm nae een tae spik ill aboot fowk. Onywye, wir gettin awa fae the peint.

Noo Dougal wis only the heid clark at the saw mull an timmer yaird but he ained his ain hoose an aye said he haed a position in societie. He waed like tae be up if his erse waed let him. He aye votit Tory but sae did a gweed puckle o the wirkin class roon here though fit wye he caud squar at wie bein Secretar o the Union is weel, I dinna ken. A strynge lad wis oor Dougal. Him an Ethel wis weel yokit.

"Noo dinna mak waves," wis aye fit he avised afore a Union meetin wie the bosses. He aye spak tae thaim in their ain tongue; the verra picter o sweet reason; naebodie argied or got roused bit naebodie got muckle in the wye o a pey rise eether. Er wis nivir ony strikes though there wis aye juist a thochtie o ill-feelin kis the lads' pey aye seemet that bittie waur aff nor aabody else. Some thocht his cooter wis ower far up the bosses' erses but naebodie else wis willin tae dae the job, so fit caud ye dee?

Na. It wis nethin tae dee wie ony o at; the real rizzon Dougal wisna likit wis kis he aye cleart the boord at the Horticultural Society's Gran Annual Exhibeeshion an naebodie else hid a luik in. He haed mair prize siller sittin on the dresser than fit the Nor Bank haed in sma chinge.

Dougal haed a braw skelp o grun backin his hoose far the dry lavvie wis an Ethel an him spint aa their time herryin hairy grannies an haggerin oot weeds. Their flooers aye haed perfeck blossoms and their veggies... weel, naebody haed ivvir seen sic an array. They wis squard aff in stracht raws like the hale regiment o Gordons on pa-rade. I dinna think they waed hae daured dee onythin else, they wis at weel dreelt. The back gairdin wis surroondit wi a heich hedge aa twined wie brummles an strans o piket weer. Mony a trench on the Somme haed bin waur defendit.

A puckle chiels socht sair tae fin oot the saicret o his success, bit naebodie haed ony luck. He nivvir wint tae the pub so naebody caud get him fu an gar his tounge wag. Onybodie forritsome eneugh tae speir ootricht wis telt it wis in the feedin an they wis left neen the wiser.

Noo ae derk nicht, some ill-trickit loons haed shotten his marraws full o lead bullets firet fae a cattie. For a wik, Dougal waaket aroon wie a face lik thunner. But waur nor at, ae billie haed cut his wye throw the hedge. He'd snippit the shaws aff the tatties an stuckit thaim back intae the grun. It wis ainly fan the shaws dwyned awa it Dougal foun oot. The thocht o sum rascal makin a feel o him fair got his dander up. He sweirt it fan he foun oot fa it wis, he'd thresh them till they skirlt for mercy. Noo at didna seem afa forgein spik for an elder o the kirk. Ye'd hae thocht "Tirn the ither chik" wid hae bin his motto; bit nae fan it cam tae interferin wi his gairdin.

Dougal broodit awa an biggit up ees definces for it wis weerin oan tae Showtime. He'd gotten hissel a bobbie's bulls-eye lantern an ivvry oor he wis oot glowering aroon unner busses an up an doon the wynd the ither side o his gairdin.

In ees yuinger days, Dougal haed serred twal years in the Airmy oot East an he'd seen hoo native fermers caud tak a muckle crap fae juist a wee paircel o grun.

"Fit wye did they manidge at?" ye micht speir. Weel, they aye coupit oan loads o dung; an forbye, it wis the real McCoy fae oot o the hooses, nae juist fae the beasts. Noo fit's naitral isnae naisty, is a weel-kent seyin, but at wye o wirkins nae really the din thing in this kintrie. Crafter fowk waed aye beery Napoleon by teemin the bucket fae the dry lavvy in ower a hole in the gairdin; bit they waedna dream o spredin it up an doon the dreels. Na. Na. Thair's some things it's juist nae deen an fit's privat is nae for the hale wardle tae glower at.

Noo I aready seys Dougal wis a strynge lad an for a chiel in heich societie the thocht o human dung didna seem tae fash him ava. He aye digget a deep hole, an set the oot-hoose ower the tap, it wis speshal made wie lang runners. Eence the hole wis reamin fu he openit up anither een an shiftet the hoosie. He pit a widden surroun aboot the fu hole thain steerit in sum moold, ase an soot fae the fire, an a mixter o his ain oot o a widden rain-stoup. Some fowk micht hae kowkit at the thocht, bit fit ye dinna ken, disna hairm ye, an Dougal's gairdin growed the biggest veggies ye'd ivvir seen es side o Turra.

Bit yir gaittin me awa fae the peint again.

Dougal wis at sair roused wi some cratur invadin his gairdin he'd hae set the spring-gun fae the museum haed he gotten a len. Man-traps are nae lawfu ony mair in es kintrie but Dougal riggit up somethin juist is gweed. He wis due a shift o the oot-hoose but fan he meeved it he didna fence aff the fu hole. He jist happit aa the toalies wie a thin sprinklie o mould an thain raiket a bonnie clear space atween the hedge an his prize plot till it aa luikit like een. "The killin grun," he thocht tae hissel an brichtenet up at the picter in his mine's ee.

Dougal kint his sodgerin an openet up the hedge a bittie tae attrack sum billie in. Thain he riggit wires leadin tae tin cans wie steens inside. It wis aye fan the rocher element staggert oot o the ale-hoose at closin time it damish wis din. In gweed time Dougal hunkered doon ahin an open windie wie the licht oot, a stoot stick tae haun, an the antique bull's eye lantern aready lichtet.

Fit wye div I ken aa es? Weel. At's fer ee tae speir an fer me tae fin oot.

Twa nichts passt bye wi'oot onythin happenin, bit on the thrid nicht the raidin party struck. The ale-hoose lat loose the eeswal cheerisome mob fa argie-bargied an steered aroon for a filie, thain heidit for hame. Aa tirned quate cept for the skirlin o sum mauradin tom-cats. The meen cam oot an lichtet up ivvry wee hump an steen o the killin grun in ghaistly fite but the trap wis weel civeret an ye couldna see it. Meenits ticket bye an a howlet hootet far awa in the distance.

Aa o a suddent a tin can rattlet. Dougal wis up like a shot an oot the door like lichtnin, swingin the stick. Bit the raidin party wisna in ower the gairdin. Dougal wisna the only auld sodger aroon; for it wis a lang stick wi a nail on the en it hid heukit the wires. Dougal cam chairgin oot liken til a mad bull. He wis at sair roused it slippit his mine aboot the lavvie pit. It cam til im ower late is he clearet twa raws o leeks an threy o carrots wie ae michty loup. Intae his ain trap ee wint, bonnie is ye like, feet first, richt ower his heid. Help ma Bob! Fit a sicht! A thick, fule, broon, stinkin, clorty flud eructed like a volcano, thain settlet doon roon aboot the livel o ees neck.

52

Is Dougal kowkit his supper up an dichtet the sotter fae his lugs an screwet-up een, he caud hear aa the howls o lachter an kekkilin fae the ither side o the hedge. But fit hurtit maist wis fan sum coorse-toungt wag roaret oot,

"Noo dinna mak waves!"

THE ILL-TRICKET SWINE

"At's nivver ee wie at muckle bleck baird, is't, Granda?" speired Sarah is she sortet throu the biscuit tin o auld photaes; she aye likit picters o beasts o aa kine.

"Oh at's me aa richt. At's fan I wis yuing an guid-luikin an sailin on a whaling ship doon in the Antarctic."

"But ye hae fite hair noo, Granda."

"Ay. It's bein marriet tae yer Grandma it's deen't."

"Is at richt? But oor skewl teacher telt us it wis wicket tae kill whales. Daed ee fire harpoons at the peir whales?"

"Nae me, lassie. I wis fit they caad a 'Sparks'. I didna heave harpoons nor chap up whales eether, bit nae doot we wis aa tarrt wie the same brush. Hooivver, if ye preen back yir lugs, I'll tell aboot the pigs we haed oan boord."

"Piggies! Oan a ship?"

"Och ay. We'd aathin oan boord the 'Southern Harvester', evin wir ain helicopter. It wis a muckle great ship an it carriet a lot o men. Er wisna juist wir ain crew, but aa the men for the lan whalin station is weel. We wis juist aboot staanin oan ilkie eens heids. It teen sax wiks tae sail tae Sooth Georgia but er wisna eneugh wirk tae haud aa thae chiels in aboot. An the divil aye fines ill fir idle haans tae dae."

"Fit ill daed they get up til, Granda?"

"Weel, ae nicht sumboddie brakkit intil e stores an hacket a muckle lump oot o a hail haaf coo. Thain they made aff wie the chief engineer's faase teeth an laift thaim stuckin in the side o beef."

"At wis affa. Daed ee ivver get ees teeth back?"

"Oh ay. The purser pit up a notice seyin it a set o teeth haed bin faun an fa ivver haed tint a pair shaid see him. Sae he got im back aa richt, efter bein pit throu the maitter first."

"At wis juist wicketness at, Granda. Fit else daed they dee?"

"Weel, sum o the crew wis chippin roost an pentin the ship fan they noticet it somebodie wis sittin on the watterie. Noo the watterie oan a ship juist gings oot o a pipe intil the sea, sae ae chiel pit a stame hose up the pipe an teen the skin aff a mannie's dock - an waur."

"Oooh! At wis a rael coorse thing tae dee tae the peir mannie. Wis ee affa mad?"

"Weel. Ee wisna sair pleast aboot it I kin tell ye. Bit I'm waunnerin awa fae the peint, I wis gaen tae tell ye aboot the pigs."

"Oh ay, Granda. Tell is aboot the piggies."

"Weel. Aboot a dizzen yuing pigs haed cam oan boord in Sooth Shields an the chiel in chairge haed gotten the carpenter tae big a sty an a run for them in a neuk o the deck. Maist o them daed richt weel on aa the orrals fae the galley an growed fine an fat. Fowk aye eeset tae waunner aroon the deck o an evenin. They'd hae a luik o the pigs an scrat their back, the pigs likit at.

"Wis they nice piggies, Granda?"

Och ay. Fine wie a pucklie aipple sauce. Weel, ae mornin, the pig-mannie gaes alang tae see til the pigs fan ee foun it ivvry pig haed bin pented wie colouret bans roun thir middle; an it wis aa deen in

Salvesen's colours: the same wye is the funnels o the ships wis pentet."

"Fit wye daed they dee at, Granda?"

"Juist for a lauch, bairn, it seemt afa funny tae us at the time, onywey. Bit I'm waunnerin agane. It wis afa fine an haet fan we wis sailin throu the Tropics an we aa got sunburnt an sae daed the pigs. Bit it wis gettin cauler an cauler the faurer sooth we wint. Noo the pigs didna like the caul. They wis aye fechtin an warslin tae get intil the back o the sty awa fae the dracht. Er wis an afa caul win blawin stracht fae the Sooth Pole richt throu the door o thir hoosie."

"Oh fit a shame."

"Ay. The littler eens aye feenishet up aside the door. The pig-mannie pit up a hinger o seckin but it wisnae muckle eese. Hooivver, it wisnae a hotel he wis rinnin an the pigs waed juist hae tae thole't. Then ae day he teen tint o es wee sharger o a cratur it wis limpin aroon wie a tucky laig."

"Oh the peir thing. Fit haed cam ower't?"

"Naeboddie kent, it micht hae bin wie aa the fechtin tae get tae the back o their hoosie. Bit fitivver wye it wis, aaboddie felt sorrie fir the peir breet. The carpenter biggit its ain wee placie backin oan til the main sty wie a funcy dracht-prief door an plinty o strae. It wis livin like royaltie wie its ain raitions, baitter nor maist o the crew, nae trauchles aboot the dracht nor haein tae fecht for maet at the troch."

"Fit a lucky wee piggie it wis, wisn't it, Granda."

"Weel. Its luck rin oot fan we arrivet at Leith Herbour in Sooth Georgia. At wis far the whalin station wis an far we picket up oor fleet o catchers. The crew for the lan station wis pitten ashore an sae

56

wis aa the pigs. But the piggie wie the tucky laig wint rinnin doon the gangwey is richt is ninepence. The vratch haed juist pit-oan haein a sair laig sae aaboddie waed feel sorry for't. An they sey pigs hiv nae brains. They've mair sinse nor mony fowk it I ken."

"It maun hae bin an afa clivver piggie, Granda."

"Mebbe so, quinie, bit it didna dae't muckle gweed. Fan the pig-mannie seen't scamperin doon the gangwey, he thocht it haed makkit a rael feel o him. Sae ee seys 'Ee're first', an stracht awa it got a muckle iron spike richt atween its een."

"Ooooh! Fit a shame. Fit a coorse thing tae dee tae the peir piggie."

"At's hoo pigs wis kilt doon there. It's juist is weel it the RSPCA wis a puckle thoosans o miles awa. At pig wis ower clivir for its ane gweed. Fly-men, swicks an leears dinna aye prosper, pigs is weel is fowk. At's fit life's aa aboot, ma bairn."

"Grandma seys it yir a wicket aul divil. Yir nae, are ye, Granda?"

"Yir grandma disna ken the haaf o't, pet. Noo did I ivver tell ye aboot fan we cried in bye a toon caad Recife in Brazil? An er wis a cage full o monkeys in the Merchant Navy Club......?"

COORDIE CUSTARD

Alfie caudna tirn his heid, it wis at sair wie the muckle bile on the back o ees neck. Jock Meldrum, the fermer, avised him tae get it dealt wie afore the pizin wint aa throw him, itherwise he'd be short o a man, an faur waed they aa be thain?

At denner-time the kitchie deem caudna tak her een aff the bile an clypit tae the mistress. Mrs Meldrum telt her tae tell Alfie it durin the War she'd bin a Fanny: a nurse in the First Aid Nursing Yeomanry, an wis a dab haun at biles. She waed cry in bye the chaumer efter supper-time an dae her Florence Nightingale bit. Alfie wisna sair pleased at the mistress pittin in her speen an sweart he wisna lettin ony aul Fanny near him an aabodie haed a gweed snicher. The kitchie deem tirned bricht reid an seys she wisna haeing at kine o orra spik in the kitchie. If he spikket like at again she wid wallap his bile wie the spurtle; at fairly tirned his gas doon till a peep.

In the chaumer efter lowsin time, aabody wis admirin Alfie's muckle bile. It wis aa reid an swallt, wie a wappin big glistenen yalla heid, stounin awa, juist lik a volcano ready tae eruct. It wis at sair he waedna let onybodie neer't. In thae deys naebodie waed hae thocht o gaen tae see a doctor for the like o at, ye onlie wint if ye wis ae step awa fae coupin the creels an sometimes nae even thain. "Better a gweed fart nor a shillin at the doctor's," wis a weel kent sayin.

The spaywives aye haed a gweed followin an maist fowk kent eneugh aboot hame cures tae taickle the eeswall things. Aabodie kent aboot squeezin juice fae a pee-the-bed ontil a wart, an pitting caul tea on sair een, or rubbin a gowden waddin ring in yer ee if ye haed a stye, or skooshin hait soapy watter doon a sair lug wie the syreenge uset for the nowt.

"A gweed squeeze waed cure at," seys Jim, the baillie, sookin his teeth, bit Alfie wisna haein neen.

"Ye caud full a brose-caup o Creamola custard oot o that thing an hae it fir yer dinner wie a pucklie rhubarb," pipes up the orra loon, nae fower days left the skewl an still nae mensefu o bothy etiquette. Gads! He wis clouted roon the lug for bein sae orra spoken an for spikkin afore ees elders.

"Fit at needs is stobbin wie a needle and a gweed het breid pooltice tae sook it oot," suggestit Willie the Orraman, "the hetter the better. It's nae eese if its nae reid het." Alfie shudderet at the thocht bit at hurtit his neck.

Hector, the second horse, wis born in the Hielans but haed wirkit roon aboot es wye since auchteen oatcakes. "Back in my aul grunnie's day, coo's sharn wis aye fit they clarted on onythin lik at. A puckle fowk did dee, bit a pucklie did recover." He wis aye a cheery kine o lad wis Hector but Alfie didna tak him oan eether.

"Weel, spikkin o sharn juist mines me o fit they eest tae dee oot in Africa." Big Tam, the Third Horseman haed a rare kist o stories fae his Airmy deys. "Eence fan I wis stationed oot in Somaliland keepin an ee oan oor black brithers..."

"Wis at fan ye wis in the Black Watch?" the orra loon pipit up again. This nee bit o chik earnet him a cloor roon the ither lug.

"Impidint little bugger," roars Hector, "nae winner the kintrie's gaen tae the dogs if ats fit the skewls is tirning oot nooadays. If at loon spiks wan mair wird I'm gaen tae tak sum binder twine an a saick needle an shew up his moo. Cairry oan, Tam, let's hear the rest." The orra loon tirnd a bittie fite aboot the gills an cooert intae a corner.

Tam teen up his story again, "Is a maitter o fack I wis in the Seaforth Highlanders bit I'd been lent oot tae the Kings African Rifles." He stopt spikkin for a meenit or twa tae licht his cutty wie a speel fae the fire, thain he carriet oan. "We wis oot in the field ae dey an we aye haed a medical orderlie wie's. Noo fan ivver we hunkeret doon fir e nicht the local billies cam in aboot tae get doctoret up. Thair wisna muckle ye caud dae wie smallpox or leprosie, they juist haed tae ging tae the mission hoaspital, bit sumthin sma kine, the medic aye haed a go at."

"Daed they hae tae pey fir es doctorin?" speired Duncan, the Fourth Horseman.

"Na. Na. They nivver haed bugger all apairt fae thir beasts." Tam heukit the cast iron black kettle on the swey and pushit it ower the fire. "Onywey, es chiel cams in aboot wie a muckle bile in his erse. Oh man! Ye'd nivver saw sic a thing in aa yir born deys. At wee plook o Alfie's daednae hae a luik in."

Alfie didna seem afa amused an juist sat thair, glowerin, nursin ees neck.

"Noo oor medic haed been watchin fit wey thae black chiels did wie a bile. First, they stobbit it wie a thorn, thain they teen a coo's horn an stappit it haaf fu wie a puckle sharn, het an rikkin, an clappit it ower the bile. Syne it sookit oot aa the maitter."

"Noo at wis a gweed idea," seys the baillie. "Fit wye did we nae think o at?"

"Yir clappin nae coo's shite oan my neck." quo Alfie.

"Daed it wirk?" speired Duncan.

"Weel." sys Tam, "It wirkit aa richt, bit oor medic thocht up a baitter wye. A coo's horn o sharn haed a gey haaf-herted sort o sook, so he waed trie usin es alymeenium watter-boattle wie hait watter. The chiel took ees bittie cloot aff his hurdies an lyed doon on the grun. The medic stabbit the bile wie a needle. Thain he fullt up e watter-boattle wie bilin hait watter, poors it oot, an clappit it oan ees erse. The moo o't maun hae bin reid hait kis the chiel lat oot a roar it skailt a squad o baboons haaf a mile awa. He loupit up an ran lik the haimmers o hell; bare-naakit and wie the watter-boattle still stuckin til his erse. We nivver saa him again, or the watterboattle eether. He micht be rinnin yet."

"Michty me, ye waedna hae kent if it wirkit or no," seys Duncan.

"Weel, whither it wirkit or no, yir nae tryin it on me." grat Alfie. Bit juist wie that in cams Jock Meldrum, follot bi ees gweed-wife.

"At's fine, ye've the kettlie bilin is I telt ye tae dae." seys Mrs Meldrum, teemin er bits an pieces oot o her basket. Thain she tirnet tae Alfie. "Ben yersel ower at table." He daerna argie; Mrs Meldrum wisna the sort tae sey "No" til. In e wink o an ee, she haed stabbit the bile wie a needle, squeezed it oot, thain clappit oan a bilin-hait breid pooltice. Alfie bubblet an grat an moant awa till ees sel, but ower late, the deed wis din, an noo it wis aa bonnie wappit up wie a bittie clene rag.

"Lave at on yir neck or mornin," seys Mrs Meldrum, rale pleased wie hersel, "an here's a haaf dizzen aigs fir bein sae brave." She packit up her basket an aff the pair wint. A chaumer's nae a plaice fir weemin.

"She daed a gran job o at, bit ah'll bet yir gled at's ower," seys Big Tam.

"Yir richt, bit nivver mine. Wie've an aig for Sundey mornin."

The orra loon haedna learnt his lesson yet an pit ees spoke in eence mair. "I winner fit she'd hae daen if the bile haed been on ees balls?"

Bit he wis up an rinnin oot the door lik a whuppet efter a rubbit afore he got his lug skelpit for the third time.

ADEN AN ABETTIN

Sum eers syne fan ah wis servin in Suddron Arabie, a puckle o's wis sint tae sort oot a wee stushie in a toon caad Mukalla aboot twa hunner an fifty miles tae the east o Aden.

The Emir mannie wis richt gled tae see us; sum o ees subjecks wis revoltin an haed teen tae takkin a shot at him noo an agane. It simmert doon a bittie fan we startit patrollin the toun. Waakin throw the place mindit me o historie at the skewl fan we learnt aboot Medieval toons. Ye seemt tae be richt back hunners o eers in narra stinkin wynds an hooses aa crammt thegither. Ae chiel wis weirin a reid sark an shorts an haed chines roun his feet an hauns. He wis bein wheept alang the road by the gairds on his wye tae jile. Anither lad wis beggin in the mairkit. His een haed bin poukit oot fir deeing ill. Ither billies haed thir hauns hackit aff fir sellin things it didna belang thaim. Ah sumtimes eest tae winner if we wis on the richt side.

Hooivver, at's bye the bye. The Emir mannie haed gien us quairters in his faither's auld pailace in the toun. He himsel bade in a muckle neu fite biggin wie palm trees an bonnie gairdins, owerluikin the Indie Ocean weel awa fae the stink an his subjecks. Oor place haed bin gien ower lang syne but wis aye in gweed shape tho teemt o plenishin. Twa chowkidors steed gaird an haed luikit efter it weel. Heich waas helpit tae haud oot tarry-fingert clifty wallahs.

We'd nae watter or licht bit thair wis a sunken tilet bath far ye caud uise watter carriet fae a stroop. Us sairgints beddet doon in the aul harem on haird marble fleers wi juist the ghaists o harem leddies tae keep us companie. Ye caud keek oot the windies throw iron grills an jalousies intae a coortyaird. In the aul days, the Emir mannie hidna likit ony likely lads tae be keekin at his bonnie burdies.

Er wis a drouchtit gairdin wie a deep wallie an coconut palms. In o a neuk steed a wee gaird-reem far er wis a pile o roosty fluted bayonets left ahin fae the days o the widden bilers. The lads wis usin thaim for darts an a palm tree for a boord. Ah faund a chameleon an instalt it in oor quairters tae kep e flees doun. The cratur climbt up an doon a bittie o string aa day lang. It seemt gey doxie till its wappin lang toung flickit oot an goleshed doon a flee. It wis a bit lik es kintry; age-auld an slaw bit deidly swippert fan ye least expeckit it.

Er wis dizzens o rooms an passage-weys wie presses an balconies an aa sorts o neuks an crannies tae hide in. Fan we wisna oot on patrol er wis aye sum boddie daein a bit o explorin. Oor offisher haed ordert it aabody haed tae bide in oor pairt o the pailace bit ere's aye een its oot fir sum kine o divilmint.

A pair o Glesca fly-men, a richt pair o tiddlie-winks, pickit the paddok-lok on the cellar doors an raikit aroon doon i stairs. They wis mair gallus in me kis the place wis ill wi rottans an snakes an spidders. E cellars wis stappit fu wi broken bits o plenishin an the dryte o centuries. Naebiddy haed been doon thair for mony a lang year an day. The fleers wis inches thick in stue; wie juist the tracks o beasties tae mark a fecht tae the finish o sum peir moose fan a snake haed grabbit it.

Ahin a muckle wardrobe the twa heroes faund an iron yett flakin wi roost. They'd gotten a pair o lang tyre levers oot o a threy-tonner's toolkit an they sweitit tae smash open the lock. Fit wis inside? Gowd? Or kists o siller Marie Theresa dollars? It wis the hardist wirk at pair haed daen for years.

At last the lock snappit an the yett scracht open. Bit it wisna gowd or siller coins. The room wis stappit fu o aul-fashionet wappins an aa sorts o graith; ye'd nivver seed onythin like it. Ere wis robes it crummlet tae dust fan ye toucht thaim, bucklers, lang bowed swords o Damascus steil, daggers o a sorts sum trimt wi bricht steens, scimitars, Tower muskets, chine mail sarks, bits o armour, helmets, bonnie inlaid Arab guns, pistols, an even a pair o sma brass cannon. Sum wis roostit awa; ithers as gweed is e day sum armourer chiel hid sweitit hauf ees life on thaim. Er wis stuff fae Germainy, England, Indie, Arabie, France, Japan: a rag-bag o the armouries o ilka nation unner e sun. Ony museum mannie wid hae selt his mither for juist the hauf o't.

Noo am nae sayin aa sodgers is tarry-fingeret; ye juist luik efter yersel. It's mair a maitter o liberatin things, nae thievin. Oor twa fly-men brackit aff bitties o gowd an pickit jools oot sae it they cuid be easie cairrit. At sort o stuff cuid be selt in Aden or swappit for a puckle nichts wi a dusky maiden or bottills o ice-caul lager an a twist or twa o Spanish Fly.

Syne sumboddie lat oot the poother an aaboddie wis jining in an awa wi sumthin sma enuff tae hide in ower a pack. Ah winna say but ah haed helpit masel tae a bonnie siller dagger wi bluid reid steens on the scabbard.

It wisna lang tho afore e chowkidors jaloused somethin wis wrang an wint greetin tae the offisher. He lost the heid an the hale jing bang o us wis caad oot on parade. The Sairgints aa steed luikin saikless an suitablie affrontit, glowerin at the men.

65

The boys got it het an reekin fae the offisher. He telt thaim they wis
a thievin shoor o meeserable reprobates, fitivver at is, an the dregs o
humanitie. The hail jingbang shude be coort-martialt. Hooivver he
widna chairge thaim is lang is ivvry laist thing wis handit back an
pitten in a heap in the coort-yaird by reveille neist mornin. Syne, ilka
pack waed be searcht an eence agane afore we uptailt an awa.

Bi mornin, thair wis a muckle heap o stuff. Naeboddie haed seed it
bein pit thair. The Emir wis telt it a room fu o his forefaithers' graith
haed been faun an micht be wirth a puckle bawbees. A gharry cam in
aboot an cairtet aa the gear aff tae the neu pailace. We wis rewairdit
for oor honestie: twa secks o oranges. Yie cuid see fit wye the
mannie's subjecks didna like im, he wis is ticht is a deuk's ersehole,
an at's watterticht.

It wisna lang afore things tirned quairt an we wis ordert back tae
Aden. Aathin wis weel searcht agane bit nethin wis ivver faund;
leestwise naeboddie thocht o luikin tae see if e Glesca lads suffert fae
piles. They'd lernt a puckle skeelie tricks in Barlinnie. They maun
hae made a bawbee or twa kis thae wis oot daein social wirk roon aa
the knockin shops in Crater, the aul toon o Aden weel-kent for its
enteecements.

But fit the Emir mannie an oor offisher didna ken wis it aa the baist
o the graith wis doon in the fit o the waal in the gairdin an juist the
trag wis handit ower. For aa we ken, it micht be thair yet. We nivver

daed ging thair agane, an am nae gaen back tae fin oot if its aye aroon. We didna mak ower mony freens onner an the Emir mannie wis syne gaen the dicht by een o ees mair ill-intendit subjecks.

Bit ah waed hae liket yon bonnie siller dagger wie the bluid reid steens tae hing up on ma waa is a soovenir o Suddron Arabie; in fack, accordin tae the waiters in the Offishers' Mess, oor offisher wis showin aff een the deid spit o't tae ees freens on the boat gaen hame.

THE GANGREL BODY

It wis een o the bonniest simmers it Udny haed ivver seen. There wis plinty o rain tae bring oan the corn bit it aa maistly fell at nicht. The crap wis the biggest yet; nae it ony o the fairmers waed ivver admit tilt, for a fairmer's nivver happy unless he's girnin aboot somethin.

This Setterday efterneen the sun wis beekin doon, the birdies wis singin their little herts oot, the bees wis bizzin roon aa the floors, though corn lice wis makkin thaimsels a pest. Even aul Granda McKay haed lowsed aff his sark an teen the tap button aff his flannel linders. The wifies managed tae get their washin hung oot an dried nae bother ava withoot siping weet lang drawers dreepin doon the back o yir neck in the kitchie.

Aa the bairns bade oot till late playin on the Green wie girds or at hide an seek or kick the cannie an the wee quines played at hoosies or skewlies or wie skipping ropes. Coontin games wis aye favourite: "Eetie Ottie, Horse's Tottie; Eetie Ottie, OOT." The auler eens wis chasin the quines up by the skewl an a pucklie weemin wis newsin awa ootside their front doors. The windae o the Udny Arms wis open tae let in a puckle cauler air for the eeswal drouths suppin ale an smokin baccy aa tae the fascination o younger fowk keekin in tae see forbidden pleasures.

At wis fan the orra-leukin gangrel body pit in a face. The mannie cam spaddin up the road fae Brig End an set up on the Green juist ower fae the Udny Arms. He jinted thegither a lang bit stick like a tent-pole, hung a banner on it, an stuck the pole in the grun. On the banner, in big reid letters, wis the message: "Repent. The End is Nigh". Thain he stairtet yammerin awa till aa the wifies an bairns gaithered roon an steed wie their moos gappin open, fair bamboozlet. Sic a sicht haed nivver been seen afore in Udny Green.
Ye kin expeck at sort o thing in unca fisher touns like Cullen or Gaimrie far the fowk aye sup a pucklie fire an brimsteen wie their parritch o a mornin, but nae in a quate kintry parish like Udny. Ane o the drouths even leukit oot o the pub tae see fit wis gyan oan, syne saunted back swippert like.

Michty. Even if the mannie haed nivver said a wird fowk waed hae gaitheret roon tae glower at him. Ye'd nivver seen sic a ticket. He wisna that tall, gey short in the erse is a maitter o fack, an haed a muckle baird an fule leukin lang bleck hair aa in ringlets. His skin wis is broon is a chessnut bit fither this wis wie the sun or deep grained dirt I couldna sey. Bit it wis his claes it gart aabody gaap. He'd leather sandals on his bare feet fit wis juist barket an his nails wis aa horny an black an broken. He'd an aul wirkin jaiket wie nae buttons bit the oddest sicht wis fit leukit like a nicht goon doon tae his queets. Aul Granda McKay haed been a serjeant-major in the airmy in Palestine fan they chaset oot Johnny Turk an he seys he leukit like een o thae craturs it bade in Jerusalem - a richt Gyppo.

"A fule orra crew o thievin buggers it waed steal the sugar oot o yir tea," he said. The mannie daed luik like een o thae fowk in the coloured picters o the Bible it I'd won for gweed attendance at the Sunday Skewl cept that in the picters the fowk wis aa bonnie an clene leukin. Bit tae my mine he wis mair like een o thae Irisher tinkies it eesed tae cam bye wie a sholt an cairt an wint roon the doors sellin claes pegs an soodered tin kettles - an, it wis said, fa lifted fowk's washin fan they wisna leukin or onythin else it wisna nailed doon.

Roon the mannie's heid wis the ainly clene thing aboot him - a fite bandage wie a muckle bricht-reid bluid stain. "Juist a pit oan tae attrack attention", seys een o the less fond members o the crood.

By noo, servin-quines wis hingin oot o the tap windaes o the Udny Arms an aa the yuing fry fae miles aroon forgaithered tae see fit the steer wis aboot. The mannie nivver stoppit rantin an ravin an haimmerin his niv on a creeshie leather Aul Testament fae fit he read a verse noo an again.

"Yir aa doomed." he said. "The Day of Judgement is at haan fan the Last Trump will soun an the sea will gie up its deid and ye'll aa hae staan up tae be coonted an maist o ye'll roast in the haitest fires o Hell."

He wis aye wavin his haans in the air an wie his roon starin een he luikit like a richt madder. The wee bairns wis sair feart an hid ahin their mithers' skirts. Sum o the mair gallous yuing eens socht tae kittle up the mannie an argy wie him.

"Fit div ee ken aboot it like?" caad oot ae misdootin wag an ithers jined in.

"Yir spikkin throw the hole o yir erse, min!"

"Fit a load o aul guff, mannie!"

"Gwa hame tae the nut-hoose, ye header."

"Haud yir wheest an gie yir erse a chunce!" an ither sic-like mislernit advice.

This got the mannie's birse up aa the mair an gart him rave on aa the looder. The fowk in front wis gettin a rare spray o spittins fae his moofae o broken, yalla teeth. A richt een for the mad-hoose I thocht if he haedna aaready escapet fae een. Some o the loons wis stairtin tae heave the odd steen or twa. At wis maybe fit wye he'd gotten the bluid-stained bandage. Somewye else some likely lad micht hae stotted a steen aff his heid an I waedna be neen surprised the wye it he wis steerin aabody up. Aa o a sudden the crood fell quate though the mannie wis aye gollerin on aboot the Day o Judgement wis at haan an there waed be weepin an wailin an gnashin o teeth. The loons socht tae luik saikless an pit their haans in their pooches or made oan they wis fustlin. Thair wis nae mair argy-bargyin or steen-throwin kis Big Murdo, the bobby fae Udny Station, cam cyclin by on his patrol roon aa the likely places.

Big Murdo teen in the scene wie ae glance. He got aff his bike wie the full majestie o the law an slawly waakit throw the crood fa shauchled tae eether side like the watters o the Reid Sea pairtin for Moses. He steed richt in front o the mannie faa wis aye rattlin oan aboot roastin in eternal Hell fire. Thain Big Murdo pinted his finger.

"YOU." he seys real quate like bit in a voice juist dreepin wie menace, "YOU are disturbin the peace. Noo tak yersel oot o here or ye'll ken o't. NOW!"

Aabody wis hopin it the gangrel body waed tak a fung at the bobby but no. Nae a myowt wis said. The mannie juist furled up his banner, teen the pole tae bits, an knippet aff doon the road escorted by Big Murdo. Fit a let doon. The crood stairtet tae skail awa but they wis aa up tae high doh an it teen a lang time afore they simmered doon. This wis somethin they'd be spikkin aboot for years tae come. The bairns sterted again wie their games, the auler eens their trokkin, an the weemin steed bletherin aboot aa the in an oots o the affair. The drouths in the Udny Arms haed nivver stopped an cairried oan is eeswal. The sun wis still beekin doon an ye could noo hear the birdies singin an the bees bizzin. Udny Green wis at peace wie the warld agane.

Time wis weirin oan an the littlest bairns haed been cried in tae their beds. The aulest eens wis still stravaigin aroon makkin the best o a perfeck day. It maun hae been aboot echt o'clock fan there wis a muckle crack o thunner. The sun juist switcht aff like an electric licht. It tirned icy caul an it wis aa is dark is the inside o a coo. The birdies stopt singin. It wis quate for a mintie, thain aabody teen tae bubblin an greetin. Bit the real weepin an wailin an gnashin o teeth didna stert till the deid liftet thaimsels oot o their last restin places in the graveyaird - an heided for hame.

71

MAN OR MOOSE?

The chief mate, Harold Badger, wis a coontermashious, baldieheidit, bawlin, boo-leggit little bugger, aa erse an pooches, fa'ed cam up throw the hawse-pipe an thocht aaboddie else shaid hae deen the same. It's aften the wye o't it fowk fa wint a bit o hicht is the maist ill-faured. Mebbe it's aye steppin aff the pavemint an bangin their erse on the kerb-steen it maks thaim ill-naturet. Een o the deck-boys thocht it the chief mate haed gotten the dicht fae Captain Bligh o the "Bounty" for being ower coorse tae the crew. The loon's historie wis mebbe a bittie oot bit I kint fine fit he mint.

Harold's by-name wis "Mussolini" bit naeboddie waed hae daured caa him that cept ahin his back. The bos'n an the deck-crew couldna thole the chiel; he haed them chippin roost fir oors an scrapin doon widwork tae varnish it. There wis juist nae pleasin him; ye'd hae thocht he'd chairge of the Royal yacht, nae sum aul roost bucket. The ship's wireless-reem wisna pairt o his kingdom hooivver, an I keepit oot o his road.

Ae dey fan I wis oan watch, I cam oot o the wireless-reem fir a moofu o caller air an thair wis Mussolini, staaning oot on the wings o the bridge glowerin at the shore wie a pair o binoculars. His neu gloves wis oan tap o the rail alangside him. He wis maist affa prood o thae gloves, aa bonnie bleck ledder and linet wie sheepskin. "A present fae mi wife," he blaad tae us in the mess. It wis juist is weel it his wife loed him kis naeboddie else did.

Onywey, it wis a rerr day, the sun beekin doon, an juist a thochtie o win noo an again tae pirl the watter. Noo back in thae deys I wis a bit o an ill-trickit, gallous kinna cratur sae did I nae think up a bit o divilment an snecket een o his gloves so's he'd think it haed blaan overboard.

Fan Mussolini haed deen inspeckin the shore he teen the glesses awa fae his een, then spied the ae glove on the rail. Michty me. It wis lik till the biler haed blaan up. He lat oot a skirl it gart the seamaws loup intae the air, he buggered an swore, an jumpit up an doon in timper. Then aa o a suddent he snappit up the ae glove it wis left an heavt it ower the side. "Ma neu gloves!" he bubblet an grat, an strampit aff intae the bridge tae faa oot on the quartermaister, ye caud gey near see the stame comin oot o his lugs.

I near deed o fricht. There wis me wie the tither glove in ma pooch. Fit a thing tae hae deen. If I ained up Mussolini waed keel-haul me, sidie-wyes an lang wyes, or maybe waur, he wis at sair roused. Fit caud I dae? Wis I a man, or wis I a moose?

The moose won. Lik a real cooard I juist held ma wheesht an wyted or it wis derk tae be shot o the evidence ower the side. At curet me o bein gallous. Weel, for a filie onywey.

A FINE CUPPIE O TAY

If yir ivver sailin the Atlantic haudin for the Sooth Pole ye micht pass a wee island caad Sooth Georgia. At wis the mair deid nor alive hole far the Argies wis scraanin fir scrap in the aul whalin stations an fit brocht on the War in the Falklands.

Lang afore at though, it wis a gey rottan's nest o a place fan er wis still whale tae be gotten. The governmint station lay aboot a mile fae the Argie whalin station o Grytviken but wis aa oan its lain sittin on a bittie lan caad King Edward Point. In the simmer it luiket a bonnie picter wie a heich mountain ahin it; roon the fit o't wis a strinkle o fite pentet widden huts picket oot in green wie reid corrugated irin reefs. There wis threy or fower marriet couples in their ain hooses bit the single chiels wis bothied in Discovery Hoose: a muckle hut far ilkie een haed a reem an wis aa luiket efter bi Joe, the stewart, an his gweed-leddy.

Noo sum fowk got aa roused up aboot the rottans. There wis nae mooses aroon bit there wis aye plinty o rottans it maun hae cam aff the ships an haed makkit themsels at hame doon in the founs o the huts. The timmer hooses wis eithlie chawed intil an a rottan's nae the kinna beast tae hae skitin aroon far yir maet's stowed. There wis a puckle .303 rifles on the station an we caud get a crack at ane or twa fan they wis rinnin aroon afore fowk wis up.
Joe meeved aa the rations up til the laft an haed gotten a kitlin aff een o the factory ships. Puss wis a clene beastie an aye wint ootside tae dae its bisness. It mebbe didna catch ony rottans bit it wis seen aaboddies bodie, juist a petted lump.
The simmer wis seen ower. A caul win straicht fae the Sooth Pole skirlt roon the huts an biggit up the snaw tae near the easin o the reefs. The huts haed tae be hauden doon wie stoot wire raips at ilka

74

corner lest they'd hae teen aff wie the win. A dreep on the en o yir neise tirned tae an icicle an ye micht hae tae thaw the ice oot o yir baird wie a fryin pan. Naeboddie wint oot if they caud help it.

The whalin season wis ower an wie nae supply ships the maet wis gettin a bit dreich. Naeboddie wintet tae upset Joe an his gweed-leddy bit een or twa stairtet tae girn.

"At tea's affa bitter," mumpet Sean; he wis a meteorologist an cam fae Ireland. Bein gey short in the erse an wie a muckle baird he leukit richt lik a leprechaun bit mebbe nae sae gweedluikin.

"Weel. Ye'll juist hae tae thole't," seys Joe. He wis an aul airmy cook an waedna pit up wie ony back-jaw. "There's a hale kist ful o lowse tea up in the laft an at's aa wiv got. There's a shortcome o coffee."

Joe's wife Molly jined in. "At tea's the best Darjeeling. If yir nae happy grow yir ain bluidy tea." At tirned the leprechaun's gas doon til a peep.

Bit the tea wis gettin waur an Joe wis gettin e'en mair crabbit wie aa the girnin. The wye things wis shapin up, there wis gaen tae be bluid an snot spleiteret aa ower the mess.

Syne Jim, the station ingineer, spied Puss knippin up the steps tae the laft. He follaed, an there wis the cat, sittin in the lowse tea in the kist, haein a gweed kich. It happit up its mess an loupit oot fair pleased wie itsel. Fit wye shaid it get its doup caul gaen ootside fan it haed faun a rerr warm place up in the laft tae dae its bisness?

Naeboddie drunk ony mair tea. The cat got its erse kicket ootside intae the snaw an the kist o tea wis poored oot intil a hole in the ice.

But if we'd thocht aboot it, we mebbe shuid hae keepit the kist.

Sooth Americans drink a kinna tea caad Yerba Mate, leastwyes they dinna drink it, they sook it wie a metal strae like thing. Yerba Mate luiks like hay an tastes a bittie like horse's piss but there's nae accoontin for taste. Fan the first Argie ship cried inbye we micht hae swappit the kist for a puckle bottles o puro...an telt em the tea wis a new kine caad Yerba Catty.

THE CHYNGELIN

Fiona wis juist fair teen up wie Eileen, her neeborn. The craidle wis aa triggit oot wie haan-shewn blankets an bonnie fite camrick an lace ower the tap tae keep oot flees an the kittlin. She shoudit the craidle noo an agane fan Eileen lat oot a wee greet, bit she wis a gweed wee sowl an sleepit fine at nicht. The Sabbath wis twa days syne fan Fiona an Robbie waed be at the kirk for the bairn's kirstenin. Fiona haed raikit oot her ain kirstenin goon fae the kist. If she washt it canny like in soap flakes it waed be is bonnie is the day her granmither haed shewn it.

Friday wis mither's day tae caa in bye. The cairrier drappit her aff at the en o the road an thain she walkit up tae the hoose.

"An hoo's the quinie?" she speired, takkin aff her bonnet an shooin a reengin hen oot o the door.

"Eileen's fine," sayed Fiona, "is gweed is g..."

"Shusht, quine!" interrupit her mither. "Nivver caa a bairn be its neem afore it's kirstened! The little fowk waed tak her for shuir. An the inside o at craidle shuid be pentet green."

"Oh mither, fit a heap o aul wives' tales. Fa believes in fairies nooadays? Sit doon an gies yer news. I've juist made girdle scones. They're aye het."

Eence her mither haed settlet doon Fiona mashet a pot o tea. They blethered awa, an cooed ower the infant till it wis time for mither tae tak the gait. It wis a lang wye hame bit mither wis hardy an caud knype alang the road nae bother. It wis still a braw day sae Fiona thocht tae wash an hing oot Robbie's gweed fite sark an the kirstenin goon. They haed tae luik their best for the kirstenin.

Singin like a lintie, Fiona cairrit the washin-basket tae the far en o the kail yaird. Eileen waed be aa richt in ower her craidle. Robbie haed chappit doon an auld rodden tree fit wis in the wye an haed pitten up twa posts fir a claes line. The sun wis aye beekin doon ower Brimmond Hill, the flooers an girse sweyed saftlie in a licht win, an bumlers wis bizzin blithe wie their hearst.

Is she peggit up the claes, aa o a suddent a clood darklet the sun, thain a cauld win fustlit up fae naewye an snorled up the washin. It aa haed tae be untunglit an peggit up agane.

"Scunneration." thocht Fiona tae hersel; Eileen haed been a gey sair birth an she wis still a bit wabbit. Her heid wis furlin roon an she haed tae sit doon on the dyke fir a meenit.

78

A skirl fae the hoose gart her loup up an rin tae the open door. It wis dark inside an Fiona wis blin for a secont or twa is she ran ower tae the craidle. Fan she liftit the bed-plaid, she gey near fell awa. It wisna her ain rosie-cheekit wee angel luikin up, but a wizent, age-auld face, wie een is black is sin. It bubblet an grat an birsed its wee pinted teeth.

"Teeth!" In a sax wik auld infant?"

"Oh! Eileen!" Fiona wailed, near oot o her mine wie shock, "Faur's mi bairn?" Haed some gangrel body or gypsy sneakit intae her hoose an stoen her bairn? Her hert poundit, her heid wis stoundin. Thain her mither's wirds struck hame lik dunts fae a haimmer. A chyngelin! The fairies haed swappit her bairn fir a chyngelin.

The craitur in the craidle wis weirin a besnottered auld cloot an its spinlie legs kickit up an doon lik a madder. It skirled aa the looder an sookit sair at its sark but Fiona caud hardlie titch it, let aleen feed it. Fit caud she dae? Robbie wis miles awa ahin Newhills tendin the sheep an her mither wis lang gane. Fa wis near? Fa waed help her? Fit aboot auld Meg? Meg wis an aul-farrant craitur, aye in bleck, fa mindit naebodie. She bade in a wee thackit hoosie doon by the Bucks Burn hard by the moss. Some fowk sweirt she haed the evil ee, or waur, but she wis hairmless eneugh an wis weel kent fir herbs an eyntments. A puckle ill-tricket loons fae the skweel eence heavt steens at her an cried "Wutch" but Fiona haed threatened thaim wie the Dominie an the thocht o the scud gart them rin. Meg seyd nae wird o thanks bit the neist day there wis a wee pot o salve for e bairn. Fiona files caad in bye wi a pucklie aigs bit they wis nivver at weel acquant. There wis naeboddie else. It haed tae be Meg. Fiona swept up the thing fae the craidle an flew tae Meg's cot, the chyngelin aye skirlin an tryin sair tae mak a breenge for her breist. It wis a lang sair rin an her lichts wis on fire fan she haimmered at the door. Efter fit seemt like an eternitie, Meg answert.

"Ay?" She speired, bit teen ae luik at Fiona's face an brocht her stracht in. Fiona fooneret on a three-leggit steel an sobbit her hert oot.

"Ma bairn's bin stoen, Meg." she sobbed, "Fit kin I dee?"

Meg luikit doon at the craitur. The wizent face leered up at her, aye greetin for maet. "It's a chyngelin aaricht. Yer bairn waesna kirstened thain? Sumboddie maun hae caad it be its neem." She wisna speirin a question, mair statin a fack. The quine's looder sobbin wis eneugh tae tell the tale.

Fiona luiket up, her een aa reid an face swallt, "Fit aboot the meenister? Caud he dae oniethin?"

 Meg laucht soorly, "The blackcoats canna help ye. There's things it wis auld afore the Kirk, an fit the Kirk kens nethin aboot, or disna wint tae ken. Bit the meenister's gaen tae gies a haun though he'll nae ken aboot it. Noo stop greetin. Thair's nae reem fir ruggit-herts the noo. Ye'll nott aa yir wits afore es nichts ower. But dinna fash yersel. Wir gaun tae dee wir best."

Fan Fiona cam tae hersel Meg lichted the eely-dolly an set hersel doon.

"Es is Beltane, the nicht o the Fire Dance. Eence at's ower yir bairn'll be in the Faeries Knowe for aa time comin. It haes tae be deen noo."

The Faeries Knowe wis an oot-o-the-wye, flat toppit hillockie; a dreich place, owergrown wie scrog it raxed for the sky wie scruntit beuchs and twistit cleuks. It wis girded roon wie brummels an a tummelt-doon dyke. Nae birdies sang an at nicht naebody waed gang near for fear o bogles or the little fowk.

"At hellspawn's nott," seys Meg, pintin at the chyngelin, "but it haes tae be quate."

She teen oot a wee han-mull an grund doon a puckle freuchy herbs an gizzened, lang-deid things it gart Fiona shidder tae leuk at. A bree fae a joug wis melled in an the dark-broon mixter poored intae an auld porter bottle. A bittie cloot wis stucken in the neck for a tit. The chyngeling grat an spat but it wis hungeret an syne sookit doon the lot. The black een fauldit an it lay like it wis deid; but ivvry sae aften its moo lurkit up an it birsed its pintet teeth.

Meg redd oot a tappit hen fae a press an poort in a plash fae a blew bottle kivvert in stue. "Dinna skail at, fit ivver ye dee. An keep es roon yir neck," she ordered. "Es" wis a wee holiefied ba o siller on a

chine; aa bonnie wrocht but wie a foostie smell fit gart Fiona queese. Twa black tippets an a scull wivven o rodden wis the laist o her graith. "At's aathing. Pit at craitur in the scull an let's awa. I'll tell ye on the road fit tae dae."

In the gaitherin mirk they traikit alang the roadins an dykesides. Fan Meg explaint her plan, Fiona noddit her heid, then pit up a seelent prayer. Meg micht nae think muckle o the Kirk but there wis nae hairm in haein twa strings tae yir bow.

Aa wis quate. There wis nae meen an nae stars. The derkness wrapt itsel roon them like their tippets. Wee een studiet them fae hedgeruits an beasties o the nicht skeltered intae hidey holes or bickered awa. A hornie hoolet skifft past like a ghaist an Fiona startit wi fricht. Meg keckled. "Juist ee loup like at at the richt time, ma quine."

Fae a distance they caud see the tap o the Faeries Knowe aa lichted up wi a bleezin fire. A bourach o flickerin shapes wis birling aroon tae the soun o sum dementit meesick like timmertunet fifes an drums.

"I gang nae faurer, quine." whispert Meg. "Leave the scull here an ye ken fit tae dae." She hunkered doon aneath a buss. "A stoot hert, lass. Mak nae mistak, or ye'll nivver haud yir bairn agane."

The flames leapit e'en heicher is Fiona creepit throw the brummles an scrog. She wis haudin the chyngelin aneath her laift airm an grippit the tappit hen in the richt haund. On tap o the scabbert knoweheid, the flames lichtet up awye lik it wis daylicht. Wraithes an goblins an things withoot neems wis tirlin an wyvin in an unhalie rant. Heich abeen thaim aa oan a muckle flat steen sut the Goblin Yerl - pot-bellied, bleck is seet an weirin a braid gowden chapelit on his broo. Twa yairds afore him wis a bunnle - a bunnle wie twa tiny airms it wavet in pitifu plicht, a sicht it rived sair at the hert strings.

"Eileen," breithed Fiona. Her broo wis sweitit yet cauld is ice bit sumwey she keepit her heid. Happit in the bleck tippet she wendit her wye throw the deleerit thrang. They wis at teen up wie their cantrips it they peyed her nae heed. Her hert wis in her moo; her stamick tirned tae watter; her ilka instinck wis tae rin tae her Eileen. But she screwed doon her fricht an waakit ower tae the Goblin Yerl.

She layed doon the chyngelin, an keepit her een fixt on the cleuks o his feet an nae at his coal-bleck een. The Yerl clappit his hauns wie glee an laucht oot loud. Lat her prig for her bairn. He waed hae the geet an hae the mither in aa. He kickit his heels in richt gweed teem an waggit her ower.

Fiona strade richt up tae the Yerl an unkivered the tappit hen. She wis aaready tirning roon fan she heaved the halie watter richt intae his ill-faured face. Fiona grabbit up her bairn an ran.

The halie watter rikkt an fisst like acid; the Goblin Yerl skirled at sair it sindered the skies; the meesick scraacht deid, an the flickerin shadaes steed frozen. Fiona flew like the haimmers o hell an stottit ae bleck shape intae the bole o a tree. She clearet the dyke in ae loup. There wis nae scrauch o Horse an Hattock for a pursuit; but she wis rinnin like a deer an daurna leuk back. She felt the breath o death on her neck; her hert dirded like a stame mull; her lungs steched like a gizzent kist o fustles, an there wis a steek in her side like a reid het knittin-weer.

Meg wis naewye tae be seen at the trystin place but Fiona nivver stoapt an heavt the bairn intae the rodden scull. Brummels cleukit an

rippit her claes, she'd tint her sheen in the dubs o the Bucks Burn an her feet wis aa scrattit an torn. She keepit rinnin till she wis in ower her ain kail yaird an she caud rin nae mair. Her laist oonce o strenth haed gaun an she fell tae the grun, aye haudin oan till her bairn. Her een fauldit an a blessed bleckness cam ower her.

Foo lang she'd fooneret she'd nivver ken but fan she opent her een Robbie wis shakkin her shouder luikin aa worriet.

"Fit hae ye been daein?" he scaulded, "I telt ye nae tae dae ower muckle till I cam hame." He leukit doon at the bairn's face. It wis brookit wie rik an there wis fite rins doon her chiks wie greetin.

"Ye muckit wee clort!" Robbie laucht, an picket up the bairn. He teen Fiona's airm back tae the hoose.

"Wis't juist a wuiddrim?" she speired o hersel, "Wis't the milk fever her mither haed wairnt her aboot?".

Robbie rowed her up in the box-bed alang wie Eileen, tendit till his ain supper, thain beddit early. He steekit the shutters an the threy o them curlet up thegither; Fiona waedna pairt wie her bairn an Robbie daedna argie. They wis seen asleep but Fiona caudna settle. Is she driftet in an oot o a tribblit sleep her fingers pood awa at the bord o her nichtgoon. A mine sair hurtit haes tae men itsel or else it braks. Sleep is aye a great healer. Bittie by bittie, aa the bleck thochts an mimries wis stowed awa intae the hinmaist chaumers o her mine an saftlie laid tae rest. But aa o a suddent her fingers skifft against the wee siller ba an aa the bogles cam rummlin oot lik a thud o thunner. It wis nae wuiddrim.

The neist day Robbie faun naethin oot o the ordinar at the Faeries Knowe an neither wis thair ony sign o Aul Meg it her hoose or onywye else. It wis like the verra grun haed swallaed her up.

At the Gossips' Wake efter the kirstenin, twa three fowk daed speir at Fiona fit wye the bairn haed gotten Meg for a middle neem. Auld Meg micht hae vanisht fae the face o the earth an waed be lost mine o be maist fowk, but her sacrifice waed nivver be forgot an her mimrie waed aye be held fast in the thochts o ae faimilie at least.

WEE AIRCHIE

He'd lang since lost coont o a the pints o McEwen's an the drams he'd been poorin doon his throat. A dizzen? Twa dizzen? He couldna gie a monkey's. He'd started at the Crown an Anchor far he'd still hae a ten-bob note in a gless ahin the coonter, up Marischal Street tae The Royal Oak, doon again tae Simon McLeod's, an last port o call at the Stanley Hotel. He liked tae finish up at the Stanley kis ye could drink efter half past nine. Aa ye hid tae dee wis tae sign the book as a bona fide traveller, an pey half a croon for a meal: usually a plate of rubbery fried egg an twice-fried chips.

It hid been a good trip. Airchie splashed oot the siller like it wis the nicht afore the Last Trump fan the sea wid gie up its deid and he wid be judged. "Shite," he mummlet tae hissel, "There's nae fear o me gan ti Hivven, sae erseholes tae the hail fucken lot o thim."

Aa he'd left o his sair earned pey wis a near-teem half bottle o Captain Morgan an a pooch full o sma change fit wis weyin him doon. Far hid it aa gin? He'd a dwaum like memory o the warm companionship o the pub; staanin his han tae the usual squad of hingers-oan, the ladies o easy virtue, the cracked notes o humphie-backit Ernie's accordian, the skirlin back an fore.

The drink wis still warm in his belly but his airms an legs hid nae feelin. Jesus, it wis stervin caul; cauler nor fan he'd sailed on an armed trawler wie the convoys roun the North Cape tae Russia. They hid tae use haimmers an a steam hose tae clear the ice aff the riggin an wheelhoose for fear she'd coup.

He wis flung oot o the Royal Oak for gropin this Muggie deem an sikkin a sook o her starboard tit, but Muggie wisna a part-time hoor like maist o the ither ladies but wis mairrit tae this Merchant Navy steward. Weel. She wis pented up like a hoor onywey. An fa wid mairry a bleddy baaheid like that onywey? The basterd hid duntit him on the nose an bleed hid dreepit aa ower his only clean sark; an efter him poorin drams doon their throats aa nicht. The basterds. Auld man Courage orderet him oot and Big Ian, the barman, took him by the erse o his breeks an his collar and stotted him oot the swing-doors intae the gutter. Airchie looket aroon for a steen tae fling through Courage's bonnie stained-gless windie but jist in time he noticed the twa bobbies: twa big, bubbly, bobbies.

Far aboot wis it they'd made him walk the straight line? Leith? Na. It wis Peterheid. He'd borrowit his brither's motor-bike tae ging coortin, but he'd stoppt for some refreshment on the wye an hid got bleezin instead. Twa bobbies: twa big, bubbly bobbies; they'd chalkit a line on the fleer; and thain stood thair, een on each side o the line. Is he wis waakin alang the line, een hid pushet him towards the ither bobby and he'd shoved him is weel so that he wint skitin on his erse. The Police Surgeon wrote "Fell Doon" in his notes. An him waakin sae weel in aa. Seein he'd sic a record he wis bunged in the jile again. They wis a shower o leein basterds the hale fucken shower o them. An noo the cauld wis gettin worse. It wis freezin his bullocks aff.

There wis a great big crowd o fowk githered at the tap o Marischal Street. But the bobbies wisna efter Airchie for a change. Right in the middle o the road stood big Teenie Ferguson; fair heidit, six feet tall, an biggit like a brick shithoose; roarin fou an skirlin some richt bonnie language at the crowd. A o a sudden she up wie her claes, haals doon her drawers, an his a pish richt far she stood, her maid-enly charms exposed for the hail world tae see. Ye could hae backit a Corporation bus in thair wie some inches tae spare. A great cheer wint up and some wag roars oot "Fanny by gaslight." Some young loons stood wi their een like penny bowls. Some quines skirled an coverd their een but teeted through their fingers. They'd nivvir seen the like afore. Aabody else cheered an whistlet like it wis a Cup Final at Pittodrie. This wis better nor the Tivoli onyday. Teeny stoured awa for a couple o minutes; a strae coloured flood poorin doon the cassies an the gutter intae a brander. Een o Wordie's horses couldna hae din better.

Aa this excitement kittlet up Airchie. Nivver mine bein flung oot o the Royal Oak, this wis mair fun than fan he eest tae ging til the picters afore the War. At wis fin he wis sinin the buroo an a nicht oot at the Globie or the Starrie wis aye worth the tippence an the flechbites. It wisna the picter it cheered ye up, it wis watchin them jist oot for a rammie. An is a bonus it wis fine and warm wie aa the sweaty bodies packit close thegither an the rick o Woodbines.

Fit wye wis the bobbies jist staanin thair glowerin? They wid hae liftit him seen enough. But jist wie that the Bleck Maria come screechin in aboot. Oot o the back jumpit a hale squad o police an a young police quine. The quine marches richt up tae Teenie an telt her tae pull her drawers up, an that she's unner arrest. Teenie let loose a skirl it scared the doos oot o their hidey holes, an grabs the quine by the hair an pulls her tae the grun. Baith the twa o them wis rollin aroon in the pish and the stour; Teenie still wie her drawers wappit roon her ankles. It took six bobbies tae haal the twa o thaim apart, pit the handcuffs on, an heave Teenie in ower the Bleck Maria, still scratchin an sweerin. The police quine's stockins wis aa torn and her jacket an sark wis gey near rippet aff her back. A wee pinted breist in a bonnie bit o white lace lookit oot. They loadit the quine intae the front o the van an streekit aff tae Lodge Walk. The Black Maria wis showdin aroon on its springs wi the barney gaen oan inside. The bobbies wis kickin hell oot o Teenie but she wis bitin an scratchin like a wildcat an kickin thaim back. She wis a hardy kind o quine wis Teenie.

The wee flash o tit kittlet up Airchie's memory. It brocht tae mine fan he eest tae hae a wife wie bonnie breists up in Buckie afore the War. Her hait young body keepit him cosie anaith the feather quilt. At that time he wis workin steady, for Lizbet's father, Dod, hid got him a start at the fishin. It wis aa richt at first but he seen took a scunner at Buckie. They wis fine enough fowk an wid dae onythin tae help ye but in a wee place like that, it wis eether Damnation or Salvation; drink yersel fou or sine the pledge, nething in atween. It wis aa richt if ye came fae Buckie yersel but he nivvir really fittit in. Some fishers wid sing hymns fan guttin the fish and some wid even say Grace afore denner. Mony wid hae likit a good bucket but maist wis paraded tae the Kirk or the Tabernacle on the Sabbath wie their Kirk claes, an their wives tae haud thaim in aboot.

The first warm glow and comfort o merriet life seen meltet awa like snaw aff a dyke. Airchie likit his dram an wis aye dyin tae escape tae the bricht lichts and noise o the pub. He wanted awa fae the soor looks o Jess, his mither-in-law, an awa fae weet hippins an Lizbet's sobbin.

Lizbet's mither wis een o the aul school: a God-fearin, Kirk ridden, frostie-faced auld coo, wie a moo like a steel trap snappit shut, aye dressed in black, fa wis tae hound her ain man intae an early grave wie her religion. It wis aa Airchie's fault for pitten her quine up the spoot and haein tae get marriet. He'd blackent the faimilie's good name. It wis the spik o the toun till Holy Willie Robertson, the lay preacher, hid left his wife an fower bairns tae rin aff wie Ester Carmichael, the Sunday School teacher. The dirty lucky basterd. Ester wid ken a aboot Holy Willies noo. That bit o ill-win gid the claiks something tae gossip aboot for years tae come.

Fan Jess wisna at the Gospel Hallie she wis roon at his Lizbet's, staapin her heid full o ill an tellin her she wis ower good for the likes o him. The Bible thumpin auld skate even cuttit the washin line o her new neighbour, a young lassie fae Arbroath fa didna ken it naeboddy pit washin oot on the Sabbath. The coorse aul basterd.

The War didna help. If he'd managed tae split Lizbet awa fae her mither they might hae come through aa richt, bit she widna leave Buckie an move tae Aiberdeen, nae wie a faimily tae look efter. He wis aye awa at sea and wisna hame that lang. The bairns became like strangers. Lizbet an her mither near bade in each ithers pooches. The auld basterd turnt Lizbet's mine against him, an did the same wie his bairns. She nivvir cried him by his richt name. He wis aye "that orra drunken beast." Lizbet started sleepin on her own with the bairns an efter one trip he'd come hame tae find a the locks hid been changed. He'd gotten a paper fae Lizbet's man o buisness sayin foo they wis noo legally separatet an warned him to stay away.

Wis it aa his fault? The mair yon pair hid girned an preached at him, the mair he'd bidden oot. At the pub wis nae natterin weemin, jist couthie freens; nae religion bein rammed doon yir throat, jist the Sally Ann fa came roon sellin the "Warcry" an rattlin their collectin tinnies.

One lassie aye took his ee, her big bonnie breists dirdin aroon in the ticht uniform jacket like a pair o dogs fechtin aneth a blanket. He'd seen her playin in the band an singin like a lintie but she wis aye gaurded by a puckle auld faggots. He'd hae diddled a tune on her flute ony dey o the wik. Eence, his loins wid hae been reid hait at the thocht bit the stervin caul hid shrunkled his willie tae juist a peir wee wizzent shedda o a thing.

Rum wis the answer. He'd gotten a likin for't in the Navy. Fit wis't it keepit a matelot happy? "Rum, bum an baccy?" Fit he wantit maist wis the rum. On watch in the Arctic the cauld seepit intae yer beens even wie the twa pair o lang drawers, seemits, ilet gangees, a duffelcoat and ileskins till ye caud hardly boo, bit this cauld wis waur. His legs wis jist like lumps o ice.

The thick treackly Navy rum pit fire in yer belly an on a trawler ye nivver bothered watterin it doon like the reglar Navy wie aa their bullshit an bulled up brass an officers wie their public school pan loaf. Huh. He'd been tae a public school is weel: Hanover Street public school. Ha. Ha. Ye couldna get mair public nor at. The same brass-bound basterds hid the impidence tae say trawler skippers hid tae use the shithoose marked "Skippers" an nae the een marked "Officers". Bit oor skipper wis a Leutenant Commander in Wavy Davie's Navy. Sae he kicket up fuck an they hid tae change it. Snotty English basterds.

A puckle mair rum wid ease this cauld; he'd pit the heid doon for a few oors, then in the mornin heid for "The Croon an Anchor" for a hair o the dog. Bit the haaf bottle wis teem noo an wie naewye open tae buy a clockie, his tounge wis hingin oot.

Fit aboot the compass? It widna be the first time he'd broken intae the bond or smasht the gless o a compass. Compass mixture wis half an half alcohol an watter. Drink it, an it wid blaw yer heid aff an ye forgot aa aboot naggin wives an their mithers an yer ain kids that lookit doon their noses at ye. Hooivver he sailt on this boat an he wis gled tae get leave tae sleep on board. Naebody wid gie him digs onymair. He wis barred fae the Mission for aye comin in roarin fou an sweirin an peein the bed. An forbye the Mannie wid ken weel fa'd smashed the compass. He wid be up in coort an ower in Craiginches quicker than a hoor caud drap her drawers. A lang thin trail o bubbles dribbled fae his moo an his nose.

One thing for sure, he wid nivver be invitet tae his mither-in-law's funeral fan she kicked the bucket, but he'd like tae ging up tae Buckie jist the same an dance on her coffin, the auld basterd. He wid teem a bottle o rum ower her grave but wid filter it through his kidneys first. The hame wreckin aul basterd. Bit fit aboot peir Dod? He'd be in the same lair. Och. It micht cheer him up. He likit a lauch did Dod, bit he nivver hid much tae lauch aboot. The great big granite steen said "Fell asleep in the airms o Jesus: George Webster, Dearly beloved husband o Jess..."; the leein aul basterd. He smilet tae hissel at the thocht o fan ae dark nicht he'd gin past her hoose in Buckpool an shit on her doorstep: the same doorstep it she bulled up ivvry day wi reid Cardinal tile polish.

Her hoose wis aye scrubbit an polished up tae the nines; snowy white net ower the windaes; texts oot o the Bible up on the waa: "Jesus Saves"; "God is Love". Jesus. Fit a lauch. The hoose hid aboot as much welcome is the reception ward o the Peir's Hoose. Dod nivvir hid a life. He'd lost a laig trawlin fan the warp snappit an the wire wheept it aff clean as a whistle. The engineer stappit the hacket aff stump intae a sack o floor fae the galley an this stemt the bleedin till they'd gotten him tae hospital in the Broch.

Dod wis nivvir the same chiel. He hirpled aroon on crutches an bid doon at the harbour maist o the time. He couldnae staan bein in the hoose. Her Nabbs hid an ill will tae the stink o baccy an widnae hae drink in the hoose. Money wis short. The Good Lord micht provide but He keeps a ticht haud o His bawbees. Airchie hid teen Dod roon tae the "Anchor" eence an baith the twa o them hid gotten fou. Jess hid biled up lik a volcano an gied Dod sic a ragin that he wis shakkin for deys efter. She aye hid a coorse tongue, the auld basterd. She widnae spik tae him for a wik though she did his washin an dolet oot his denner like a dutiful wife. They'd lang since gien ower sharin a bed an death maun hae come tae peir Dod is a blessin.

Mither-in-law wis like a great big black spider hunkert doon in the middle o its web. an she'd smitten Lizbet wi her pizen. Religion hid turned Lizbet's heid an she wis lost for ivvir; an so wis his bairns. Airchie wint up tae Buckie noo an agane fan Dod wis tae the fore an aye found him at the Harbour. Bit the bairns grew up nivvir seein the expensive presents it he postit tae thaim an his name wis nivvir mentioned.

Foo auld wid they be noo? He could be a granfather for aa ee kint. Wie Dod awa he'd nivvir gin back tae Buckie though he aye hid a

look through the Buckie Squeak tae see if his mither-in-law wis
weirin a widden overcoat yet. Bit that aul basterd wis the kine that
wid haud on tae be a hunner. If she wis gaun tae Heaven thain he wis
gled he wis earmarked for DooniStairs. At least there he wid be
among freens an it wid be hait an nae the icy cauld it wis freezin his
very marraw. He cudnae even wallap his erms tae get the bleed goin.

The years rowed bye afore his een. He wis aye a good worker fan he
wis sober but he sailet on scratchers noo sae he wisna ower lang fae a
pub. Work, sleep, a guid bucket, an a laig ower. Fit mair caud a body
want? He wisna fussed far he layed his heid. He often bade in the
Modeller in East North Street till the nicht he'd waakened up skirlin
wi black widow spiders crawlin aa ower him. Or he micht come tee
in sum hoor's flat, pooches cleant oot, a moo like the oxter o a Hielan
coo, an nae even a tabbie en tae smoke. Even that wis better nor
kippin doon in a boardit up hoose in the freezin cauld an the smell o
damp an shite.He wis aye gled tae get back tae sea fan he wis skint.
Nae like some o the lads. Ivvry so often, some wid renaig on sailin
an bide in the pub, gettin fouer and fouer, wie the ship's husband
bizzin aroon like a reid-ersed bee. Somebody noo an again wid delay
sailin by buggerin up the engine or rippin oot the wireless gear.
Eence they'd even scuttlet the boat, wi jist the wheelhoose an the
masts stickin oot o the watter. Wis it the "Bon-Accord"? He couldna
mine. The caul hid reached deep inside him noo an icy fingers
clutched at his hert.

He mindit spewin aa ower an office doorstep an staggerin alang tae
Point Law. It wis low watter an the boat wis at least twelve feet
below the quay an lay weel oot. The iron ledder an widden beams
wis slippy wi ile an green weed; nae afa handy if ye wis bluitered oot
o yir skull. He must hae strucken his heid on the gallaws as he fell,
bit he didna feel the dunt noo - jist the weet an the caul. Hid he peed
himsel again? A string o bubbles fae his moo floated away gently
like tiny pearls to break on the rainbow patterned surface of the
black, oily watter. It didna feel caul ony mair. He wis driftin doon a

lang, dark tunnel wi a bricht licht at the en. Moving swiftly noo, faster and faster. Fit wis that afftak o a hymn they uset tae roar oot at the Sunday School?

> "There is a happy land, far, far away;
> where little monkeys run, three times a day...."

Nae mair mithers-in-law; nae mair hurt. Nae nethin......

GLOSSARY

A, AA: all
AE: one
AA AE OO: (all one wool) all the same
ABSTRAKLOUS: awkward
ACHT: eight
AULD-FARRANT: old fashioned

BARKIT: encrusted
BEEKIN: shining brightly
BEENS: bones
BEFILET: FILET: fouled
BEGRUTTEN: tearstained
BLACK COO: something returned to haunt one
BLINTER: glimpse, first gleam of light
BLOOTERET: Drunk
BREENGE: rush recklessly
BREET: brute (sometimes affectionately)
BUBBLET: snivelled
BURROO: unemployment exchange
BUSS: bush

CAAD: called
CASTEN: faded, cast off
CHAYVE: struggle
CHAUMER: chamber. sleeping quarters for farmhands
CHROCHLE: laming disease of cattle
CLAIK: gossip
CLIFTY WALLAH (Arabic) thief
COONTERMACIOUS: contrary
COOTER: the coulter of a plough, nose
CRAMMASIE: crimson
DASHELT: soiled, battered
DAYLIGUAN: dusk
DAWIN: dawn
DELLIN: digging

DEOW: dew
DIRL: rattle
DIRD: thump or bump
DICHT: wipe. gotten the dicht: sacked
DOGGERS: dog's excrement
DOLDER, TOLLIE, TOLDIE: turd
DOUCE: pleasant, respectable
DROCHTIT: parched
DROUTH: thirst, habitual drinker
DRYTE: dirt

EASIN: eaves
EEN: eyes
EERIN: errand

FAIRLIES/FERLIES: marvels
FASHIOUS: troublesome
FEEMIN: sweating
FLEES: flies
FOOSHION: energy
FOOSHIONLESS: lacking energy
FOUNS: foundations
FREMMIT: foreign
FUNG: lat fung: let fly

GALLOUS: wild, impish
GANGREL: vagrant
GART: made
GIRD: iron hoop
GIRSE: grass
GLAICKET: silly
GOLESHED: bolted down food
GOLLERIN: roaring
GOWD: gold
GRAITH: gear
GRAT: cried

HEDGER: hedgehog
HEEZIN: infested
HEUK: hook, sickle

96

HEUGH: crag
HINGER: curtain
HINGIN-LUGGIT: dejected
HINMAIST: last
HORSE AND HATTOCK: call to witches for hats on and ride
HURDIES: hips or buttocks

ILL-CLECKIT: misbegotten
ILL-FAURED: ill-favoured, obnoxious
INTIMMERS: insides

JEOPARDIE: danger

KEEKIN: peeping
KEEN-BITTEN: eager
KITCHIE-DEEM: kitchen-maid
KITTLE: tickle, tease
KOWK: retch
KYTHED: produced

LEDDER: leather
LIMMER: scoundrel, term of abuse
LINDERS: thick undershirt
LIPPEN: count on
LOWSIN: loosening, finish work

MADDER: maniac
MAET: meat. a meal
MENSEFU: mindful
MISS: mist
MOOSE-MOULDING: wooden moulding at base of skirting board
MODELLER, MODLER: model lodging house
MOUD, MUILD: earth
MOUDIE: mole
MULL: mill, mule
MUNSIE: a figure of fun or contempt

NEIST: next
NIV: fist
NOWT: cattle

OO: wool
OOTLIN: outsider
ORRALS: scraps
OWSEN: oxen

PEE THE BED: dandelion
PIRL: ripple
PLENISHIN: furniture
PLOO: plough
PLYTER: squelch through
PLUNKIT: hidden
PUCKLE: a few
PREEIN: sampling
PREEN: pin
PRAP: marker
PYOCK: bag

QUEET: ankle

RATTON, ROTTAN: rat
REDD UP: clear up
REENGIN: foraging
RIFE: ready
RIK, RIKKIN: smoke, smoking
RIZZON: reason
ROTTEN, RATTON: rat
ROWE: roll

SCLYTER: mess
SCRAANIN: scrounging
SCRAT: scratch
SCRACHT: screech
SCUNNER: aversion
SEAMAWS: seagulls
SHARGER: runt
SHARN: cow dung
SHILPIT: starved or drawn looking
SILLER: silver, money
SKELPIT: moved quickly, smacked
SKITTERS: diarrhoea

SNORL: tangle, predicament
SOUCH: sound
SPADDIN: walking energetically
SPANGYIE: Spanish
SPAYWIFE: fortune-teller, wise-woman
SPURTLE: wooden utensil for stirring
STAMMY-GASTERED: flabbergasted
STAPPIT: filled
STOUR, STUE: dust
STRAVAIGING: to roam aimlessly
SWEIRT: lazy, unwilling
SWICK: cheat
SWIPPERT: agile

TEBBITLESS: spiritless
TENT: heed
THOLE: put up with
THOWLESS: spineless
TIMMER-TUNET: out of tune
TINT: lost
TOW: string
TRACHLE: struggle
TRIG: smart
TROCKIT: bargained, courted
TUCKY: disabled

UNCA: peculiar, remarkable
VRATCH: wretch
VREET: write
VYOWIN: viewing

WAAL, WALLIE: well
WARSLE: wrestle
WATTERIE: W.C.
WEIRMAN: warrior
WICKS: corners of eye or mouth

YOKIT, YOKIN: yoked, start work

THE AUTHOR

Ronald W McDonald is a Buchan loon and descended from a long line of farmers, crofters and souters. When his father's haulage business fell victim to the '30s Depression the family moved from Longside to a ploughman's cottar house in Tarves. During World War 2 the McDonald family moved to Aberdeen, just in time to be bombed out of their home in Woodside. Holidays were usually spent on relatives' farms and with Grandmother McDonald who kept a croft at Udny.

On leaving Aberdeen Grammar School at the age of 15, Ronald W McDonald became an apprentice engineer and later worked around the docks on ships and fishing craft. He enlisted as a gunnersignaller in the RAF Regiment, served in Africa and the Middle East, and completed his regular service as a Sergeant.

A Marine Radio Officer's course at Aberdeen Wireless College was followed by several posts in telecommunications which included a whaling season in the Antarctic, intelligence gathering with GCHQ, then employment and service with the Territorial Army for several years.

Under the Teachers' Special Recruitment Scheme, he gained an M.A. in English and History at Aberdeen University, and later, an M.Ed. He was Principal Teacher of History in Torry Academy, Aberdeen until retirement in 1995.

Ronald W McDonald started writing in 1992 and has had short stories, poetry and plays published in Scots and English. He was the winner of the quaich for "Best ower a" in the 1994 Doric Writing Competition.